L'AMOUR
DURE TROIS ANS

DU MÊME AUTEUR

MÉMOIRES D'UN JEUNE HOMME DÉRANGÉ, *roman*, La Table Ronde, 1990 ; « La Petite Vermillon », 2001.

VACANCES DANS LE COMA, *roman*, Grasset, 1994 ; Le Livre de Poche, 1996.

NOUVELLES SOUS ECSTASY, L'Infini / Gallimard, 1999 ; Folio, n° 3401.

99 FRANCS (14,99 EUROS), *roman*, Grasset, 2000 (et 2002) ; Folio, n° 4062.

DERNIER INVENTAIRE AVANT LIQUIDATION, *essai*, Grasset, 2001 ; Folio, n° 3823.

RESTER NORMAL *(bande dessinée avec Philippe Bertrand)*, Dargaud, 2002.

WINDOWS ON THE WORLD, *roman*, Grasset, 2003 ; Folio, n° 4131.

RESTER NORMAL À SAINT-TROPEZ *(bande dessinée avec Philippe Bertrand)*, Dargaud, 2004.

JE CROIS, MOI NON PLUS *(dialogue avec Jean-Michel di Falco)*, Calmann-Lévy, 2004.

L'ÉGOÏSTE ROMANTIQUE, *roman*, Grasset, 2005.

AU SECOURS PARDON, *roman*, Grasset, 2007.

UN ROMAN FRANÇAIS, *roman*, Grasset, 2009, prix Renaudot.

PREMIER BILAN APRÈS L'APOCALYPSE, *essai*, Grasset, 2011.

FRÉDÉRIC BEIGBEDER

L'AMOUR
DURE TROIS ANS

roman

BERNARD GRASSET

PARIS

Photo de jaquette :
© 2011 The Film – AKN Productions-Europacorp – France 2
Cinéma – Scope Pictures.

ISBN : 978-2-246-79777-7

A Christine de Chasteigner et Jean-Michel Beigbeder, sans qui ce livre n'aurait pu voir le jour. (Ni moi.)

« Je parle avec l'autorité de l'échec. »

Scott FITZGERALD.

« Ben quoi ! Ben oui ! Faut pas compliquer ! Faut dire les choses comme elles sont. On aime et puis on n'aime plus. »

Françoise SAGAN
*(lors d'un dîner chez elle en 1966 avec
Brigitte Bardot et Bernard Frank).*

I

LES VASES COMMUNICANTS

I

Avec le temps on n'aime plus

L'amour est un combat perdu d'avance.

Au début, tout est beau, même vous. Vous n'en revenez pas d'être aussi amoureux. Chaque jour apporte sa légère cargaison de miracles. Personne sur Terre n'a jamais connu autant de plaisir. Le bonheur existe, et il est simple : c'est un visage. L'univers sourit. Pendant un an, la vie n'est qu'une succession de matins ensoleillés, même l'après-midi quand il neige. Vous écrivez des livres là-dessus. Vous vous mariez, le plus vite possible — pourquoi réfléchir quand on est heureux? Penser rend triste; c'est la vie qui doit l'emporter.

13

La deuxième année, les choses commencent à changer. Vous êtes devenu tendre. Vous êtes fier de la complicité qui s'est établie dans votre couple. Vous comprenez votre femme « à demi-mot » ; quelle joie de ne faire qu'un. Dans la rue, on prend votre épouse pour votre sœur : cela vous flatte mais déteint sur vous. Vous faites l'amour de moins en moins souvent et vous croyez que ce n'est pas grave. Vous êtes persuadé que chaque jour solidifie votre amour alors que la fin du monde est pour bientôt. Vous défendez le mariage devant vos copains célibataires qui ne vous reconnaissent plus. Vous-même, êtes-vous sûr de bien vous reconnaître, quand vous récitez la leçon apprise par cœur, en vous retenant de regarder les demoiselles fraîches qui éclairent la rue ?

La troisième année, vous ne vous retenez plus de regarder les demoiselles fraîches qui éclairent la rue. Vous ne parlez plus à votre femme. Vous passez des heures au restaurant avec elle à écouter ce que racontent les voisins de table. Vous sortez de plus en plus souvent : ça vous donne une excuse pour ne plus baiser. Vient bientôt le moment où vous ne pouvez plus supporter votre épouse une seconde de plus, puisque vous êtes tombé amoureux d'une autre. Il y a un seul point sur lequel vous ne vous étiez pas trompé : effectivement, c'est la vie qui a le dernier mot. La troisième année, il y a une bonne et une mauvaise nouvelle. La bonne nouvelle : dégoûtée, votre femme vous quitte. La mauvaise nouvelle : vous commencez un nouveau livre.

II

Un divorce festif

Pour bien conduire bourré, il suffit de viser entre les immeubles. Marc Marronnier tourne l'accélérateur ce qui a pour effet de faire prendre de la vitesse à son scooter. Il se penche entre les voitures. Elles lancent des appels de phare, klaxonnent quand il les frôle, comme dans les mariages de ploucs. Ironie du sort : Marronnier fête justement son divorce. Ce soir, il fait la tournée n° 5 bis et il ne faut pas perdre de temps : cinq endroits en une soirée (Castel-Buddha-Bus-Cabaret-Queen), c'est déjà ardu, alors imaginez la 5 bis qui, comme son nom l'indique, s'exécute deux fois dans la nuit.

Il sort souvent seul. Les mondains sont des êtres solitaires perdus dans une abondance de connaissances floues. Ils se rassurent à coups de poignées de mains. Chaque nouvelle bise est un trophée. Ils se donnent une illusion d'importance en saluant des gens célèbres, alors qu'eux-mêmes ne fichent rien de leurs dix doigts. Ils s'arrangent pour ne fréquenter que des endroits extrêmement bruyants pour ne pas pouvoir parler. Les fêtes ont été données à l'homme pour lui permettre de cacher sa pensée. Peu d'êtres connaissent autant de monde que Marc, et peu sont aussi seuls.

Ce soir n'est pas une fête comme les autres. C'est sa divorce party ! Hourrah ! Il a commencé par acheter une bouteille dans chaque établissement. Il semblerait également ment qu'il les ait pas mal entamées.

Marc Marronnier, tu es le Roi de la Nuit, tout le monde t'adore, où que tu ailles les patrons de boîte t'embrassent sur la bouche, tu doubles les files d'attente, tu as la meilleure table, tu connais tous les noms de famille des gens, tu ris à toutes leurs blagues (surtout les moins drôles), on te donne de la drogue gratuite, tu es en photo partout sans raison, c'est pas croyable à quelle réussite sociale tu es arrivé en quelques années de chronique mondaine! Un nabab! « Mondanitor »! Mais alors, dis donc, explique-moi un peu, pourquoi elle s'est barrée, ta femme?

— Nous nous sommes séparés d'un commun désaccord, grommelle Marc en entrant au Bus. Puis il ajoute :

— J'ai épousé Anne parce que c'était un ange — et c'est précisément la raison de notre divorce. J'ai cru chercher l'amour jusqu'au jour où j'ai compris que tout ce que je voulais, c'était le fuir.

L'ange étant passé, il change de sujet :

— Merde, s'écrie-t-il, les filles sont potables ici, j'aurais dû me laver les dents avant de venir. Heps! Mademoiselle, vous êtes belle comme un cœur. Pourrais-je enlever vos vêtements, s'il vous plaît?

Il est comme ça, Marc Marronnier : il fait

18

semblant d'être dégueulasse sous son costard en velours lisse, parce qu'il a honte d'être doux. Il vient d'avoir trente ans : l'âge bâtard où l'on est trop vieux pour être jeune, et trop jeune pour être vieux. Il fait tout pour ressembler à sa réputation, afin de ne décevoir personne. A force de vouloir grossir son press-book, il est devenu, petit à petit, une caricature de lui-même. Cela le fatigue d'avoir à prouver qu'il est gentil et profond, alors il joue les méchants superficiels, en adoptant ce comportement désordonné, voire affligeant. C'est donc sa faute si, quand il crie sur la piste de danse : « Youpi ! J'ai divorcééé », personne ne vient le consoler. Seuls les rayons lasers transpercent son cœur comme autant d'épées.

Arrive bientôt l'heure où mettre un pied devant l'autre devient une opération compliquée. Il remonte en titubant sur son scooter. La nuit est gelée. A fond les ballons, Marc sent des larmes couler sur ses joues. C'est sûrement le vent. Ses paupières restent de marbre. Il ne porte pas de

Les vases communicants

« L'alcool a un goût amer
Le jour c'était hier
Et l'orchestre dans un habit
Un peu passé
Joue le vide de ma vie
Désintégrée. »

(Christophe, *Le Beau Bizarre.*)

Il décide que, dorénavant, il se masturbera toujours avant de sortir pour ne pas être tenté de faire n'importe quoi.

III

Sur la plage, abandonné

Bonjour à tous, ici l'auteur. Je vous souhaite la bienvenue dans mon cerveau, pardonnez mon intrusion. Fini de tricher : j'ai décidé d'être mon personnage principal. D'habitude, ce qui m'arrive n'est jamais grave. Personne n'en meurt autour de moi. Par exemple, je n'ai jamais mis les pieds à Sarajevo. Mes drames se nouent dans des restaurants, des boîtes de nuit et des appartements à moulures. Le truc le plus douloureux qui m'était arrivé ces derniers temps, c'était de ne pas avoir été invité au défilé de John Galliano. Et puis, tout d'un coup, voici que je meurs de chagrin. J'ai connu la période où tous mes amis buvaient, puis celle où ils se droguaient, puis celle où ils se mariaient, et maintenant je traverse celle où tous divorcent avant de mourir. Cela se passe dans des endroits pourtant très gais, comme ici, à la Voile Rouge, une plage tropézienne où il fait très chaud, *eurodance* debout sur le bar, pour rafraîchir les lumpenpétasses en bikini on les douche avec du Cristal Roederer à une brique les 75 cl avant de leur sucer le nombril. Je suis encerclé de rires forcés. J'ai envie de me noyer dans la mer mais il y a trop de jetskis.

Comment ai-je pu laisser les apparences dicter ma vie à ce point-là ? On dit souvent qu'« il faut sauver les apparences ». Moi je dis qu'il faut les assassiner car c'est le seul moyen d'être sauvé.

IV

L'être le plus triste
que j'aie jamais rencontré

L'hiver, à Paris, il y a des endroits où il fait plus froid que d'autres. On a beau boire des alcools forts, c'est comme si un blizzard soufflait jusqu'au fond des bars. L'ère glaciaire est en avance. Même la foule donne des frissons.

J'ai fait les choses comme il fallait : né dans un bon milieu, je suis allé à l'école au lycée Montaigne puis au lycée Louis-le-Grand, j'ai fait des études supérieures dans des instituts où j'ai croisé des gens intelligents, je les ai invités à danser et certains sont même allés jusqu'à me donner du travail, j'ai épousé la plus jolie fille que je connaissais. Pourquoi fait-il si froid ici? A quel moment me suis-je fourvoyé? Moi, je ne demandais pas mieux que de vous faire plaisir; être comme il faut ne me dérangeait pas tant que ça. Pourquoi je n'y ai pas droit, moi aussi? Pourquoi, au lieu du bonheur simple que l'on m'avait fait miroiter, n'ai-je trouvé qu'un compliqué délabrement?

Je suis un homme mort. Je me réveille chaque matin avec une insoutenable envie de dormir. Je m'habille de noir car je suis en deuil de moi-même. Je porte le deuil de l'homme que j'aurais pu être. Je déambule d'un pas fixe, rue des Beaux-Arts — la rue où Oscar Wilde est mort, comme moi. Je vais au restaurant pour ne rien manger. Les maîtres d'hôtel sont vexés que je ne touche pas à leurs assiettes. Mais vous en connaissez beaucoup, vous, des morts qui finissent le plat de résistance en se pourléchant les babines? Tout ce que je bois, c'est donc à

25

jeun. Avantage : l'ivresse rapide. Inconvénient : l'ulcère à l'estomac.

Je ne souris plus. C'est au-dessus de mes forces. Je suis mort et enterré. Je ne ferai pas d'enfants. Les morts ne se reproduisent pas. Je suis un mort qui serre des mains à des gens dans des cafés. Je suis un mort plutôt convivial, et très frileux. Je crois que je suis la personne la plus triste que j'aie jamais rencontrée.

L'hiver, à Paris, quand le thermomètre descend en dessous de zéro, l'être humain a besoin d'arrière-salles éclairées la nuit. Là, caché au beau milieu du troupeau, il peut enfin se mettre à trembler.

V

Date limite de fraîcheur

On peut être grand, brun, et pleurer. Pour ce faire, il suffit de découvrir tout d'un coup que l'amour dure trois ans. C'est le genre de découverte que je ne souhaite pas à mon pire ennemi — ce qui est une figure de style puisque je n'en ai pas. Les snobs n'ont pas d'ennemis, c'est pourquoi ils disent du mal de tout le monde : pour essayer d'en avoir.

Un moustique dure une journée, une rose trois jours. Un chat dure treize ans, l'amour trois. C'est comme ça. Il y a d'abord une année de passion, puis une année de tendresse et enfin une année d'ennui.

L'amour dure trois ans

La première année, on dit : « Si tu me quittes, je me TUE. »

La seconde année, on dit : « Si tu me quittes, je souffrirai mais je m'en remettrai. »

La troisième année, on dit : « Si tu me quittes, je sabre le champagne. »

Personne ne vous prévient que l'amour dure trois ans. Le complot amoureux repose sur un secret bien gardé. On vous fait croire que c'est pour la vie alors que, chimiquement, l'amour disparaît au bout de trois années. Je l'ai lu dans un magazine féminin : l'amour est une poussée éphémère de dopamine, de noradrénaline, de prolactine, de lulibérine et d'ocytocine. Une petite molécule, la phényléthylamine (PEA), déclenche des sensations d'allégresse, d'exaltation et d'euphorie. Le coup de foudre, ce sont les neurones du système limbique qui sont saturés en PEA. La tendresse, ce sont les endorphines (l'opium du couple). La société vous trompe : elle vous

vend le grand amour alors qu'il est scienti-
fiquement démontré que ces hormones
cessent d'agir après trois années.

D'ailleurs, les statistiques parlent d'elles-
mêmes : une passion dure en moyenne
317,5 jours (je me demande bien ce qui se
passe durant la dernière demi-journée...),
et, à Paris, deux couples mariés sur trois
divorcent dans les trois ans qui suivent la
cérémonie. Dans les annuaires démogra-
phiques des Nations Unies, des spécialistes
du recensement posent des questions sur le
divorce depuis 1947 aux habitants de
soixante-deux pays. La majorité des
divorces ont lieu au cours de la quatrième
année de mariage (ce qui veut dire que les
procédures ont été enclenchées en fin de
troisième année). « En Finlande, en Russie,
en Égypte, en Afrique du Sud, les centaines
de millions d'hommes et de femmes étudiés
par l'ONU, qui parlent des langues diffé-
rentes, exercent des métiers différents,
s'habillent de façon différente, manipulent
des monnaies, entonnent des prières,

craignent des démons différents, nourrissent une infinie variété d'espoirs et de rêves... connaissent tous un pic des divorces juste après trois ans de vie commune. » Cette banalité n'est qu'une humiliation supplémentaire.

Trois ans ! Les statistiques, la biochimie, mon cas personnel : la durée de l'amour reste toujours identique. Coïncidence troublante. Pourquoi trois ans et pas deux, ou quatre, ou six cents ? A mon avis, cela confirme l'existence de ces trois étapes que Stendhal, Barthes, et Barbara Cartland ont souvent distinguées : Passion-Tendresse-Ennui, cycle de trois paliers qui durent chacun une année — un triangle aussi sacré que la Sainte Trinité.

La première année, on achète des meubles.

La deuxième année, on déplace les meubles.

La troisième année, on partage les meubles.

Les vases communicants

La chanson de Ferré résumait tout : « Avec le temps on n'aime plus. » Qui êtes-vous pour oser vous mesurer à des glandes et des neuro-transmetteurs qui vous laisseront tomber inéluctablement à la date prévue? A la rigueur on pouvait discuter le lyrisme du poète, mais contre les sciences naturelles et la démographie, la défaite est assurée.

VI

Le bout du rouleau

Je suis rentré chez moi dans un état déplorable. Bon sang, mais quelle misère de se mettre dans des états pareils à mon âge ! Le culte de la cuite, ça passe à dix-huit ans, à trente c'est pathétique. J'ai gobé un demi-ecstasy pour rouler des pelles à des inconnues. Sans cela, j'aurais été trop timide pour tenter ma chance. Le nombre de filles que je n'ai jamais embrassées par crainte de me prendre une veste est incalculable. C'est ce qui fait mon charme : j'ignore si j'en ai. Au Queen, les deux jolies blondes saoules qui fourraient leurs langues dans mes oreilles, en créant un effet de glougloutage stéréophonique, m'ont demandé :

— On va chez toi ou chez nous?

Après leur avoir roulé un patin collectif à toutes les deux (et mordu leurs quatre seins), j'ai répondu fièrement :

— Vous chez vous, et moi chez moi. J'ai pas de capotes, et puis ce soir je fête mon divorce, j'aurais trop peur de ne pas bander.

Au bout du scooter, j'ai retrouvé mon appartement déserté. La main de l'angoisse a empoigné mon estomac : descente d'x. Pas besoin de ça : à quoi sert-il de passer la soirée à se fuir soi-même si c'est pour être rattrapé en bout de course à son domicile? Dans les poches de mon manteau, j'ai récupéré un reste de cocaïne dans une enveloppe. Reniflé à même le papier kraft. Cela amortira le spleen. Il reste de la poudre blanche sur le bout de mon nez. Maintenant je n'ai plus sommeil. Le jour s'est levé, la France va se mettre au travail. Et pendant ce temps un adolescent attardé ne bougera pas avant des heures. Trop défoncé pour dormir, lire ou écrire, je fixerai le plafond en serrant les dents. Avec ce visage rougeaud et ce nez blanchi, j'aperçois dans le miroir un clown en négatif.

Je n'irai pas travailler aujourd'hui. Fierté d'avoir refusé une partouze bisexuelle le lendemain de mon divorce. Marre de ces filles avec qui tu couches mais contre qui tu détestes te réveiller.

A part une casserole de lait qui déborde, il n'y a pas grand-chose sur terre de plus sinistre que moi.

VII

Recette pour aller mieux

Répéter souvent ces trois phrases :

1) LE BONHEUR N'EXISTE PAS.

2) L'AMOUR EST IMPOSSIBLE.

3) RIEN N'EST GRAVE.

Sans rire, cela paraît idiot, mais cette recette m'a peut-être sauvé la vie quand je touchais le fond. Essayez-la dès votre prochaine dépression nerveuse. Je vous la recommande.

Voici également une liste de chansons tristes à écouter pour remonter la pente : *April come she will* de Simon & Garfunkel

(20 fois), *Trouble* de Cat Stevens (10 fois),
Something in the way she moves de James
Taylor (10 fois), *Et si tu n'existais pas* de
Joe Dassin (5 fois), *Sixty years on* suivi de
Border Song d'Elton John (40 fois), *Every-
body hurts* de REM (5 fois), *Quelques mots
d'amour* de Michel Berger (40 fois mais ne
vous en vantez pas trop), *Memory Motel* des
Rolling Stones (8 fois et demie), *Living
without you* de Randy Newman (100 fois),
Caroline No des Beach Boys (600 fois), *la
Sonate à Kreutzer* de Ludwig van Beetho-
ven (6 000 fois). Bon concept de compil, ça :
j'ai déjà le slogan.

« La Compil Cafard,
la Compil qui broie du noir. »

VIII

Pour ceux qui ont manqué le début

A trente ans, je suis toujours incapable de regarder une jolie fille dans les yeux sans rougir. Il est consternant d'être aussi émotif. Trop blasé pour tomber vraiment amoureux, et cependant trop sensible pour rester indifférent. Bref, trop faible pour rester marié. Mais quelle mouche m'a piqué? Évidemment, la tentation serait grande de vous renvoyer aux deux tomes précédents, mais après tout, ce ne serait pas très fair-play, étant donné que ces chefs-d'œuvre romantiques ont été pilonnés peu après leur succès d'estime.

Alors résumons les épisodes précédents : j'étais un viveur impénitent, pur produit de notre société de luxe inutile. Né le 21 septembre 1965, vingt ans après Auschwitz, le premier jour de l'automne. Je suis venu au monde le jour où les feuilles commencent à tomber des arbres, le jour où les jours raccourcissent. D'où, peut-être, un tempérament désenchanté. Je gagnais ma vie en alignant des mots, dans des journaux ou des agences de publicité — ces dernières ayant l'avantage de payer plus cher un nombre inférieur de mots. Je me suis fait connaître en organisant des fêtes à Paris à un moment où il n'y avait plus de fêtes à Paris. Cela n'a rien à voir avec les mots, et pourtant c'est ainsi que je me suis fait un nom, probablement parce qu'à notre époque les aligneurs de mots sont jugés moins importants que les gens qui ont leur photo dans les pages nocturnes de quelques magazines.

J'ai surpris ceux qui s'intéressaient à ma biographie lorsque je me suis marié par amour. Un jour, dans un regard bleu, j'avais cru entrevoir l'éternité. Moi qui passais ma vie à courir d'une soirée à l'autre et d'un métier à l'autre pour ne pas avoir le temps de déprimer, je me suis imaginé heureux.

Anne, ma femme, était irréelle, d'une beauté lumineuse, presque impossible. Beaucoup trop jolie pour être heureuse — mais cela, je ne l'ai su que trop tard. Je la regardais pendant des heures. Parfois elle s'en rendait compte et me le reprochait · « Arrête de m'observer, s'écriait-elle, tu me gênes. » Mais la regarder vivre était devenu mon spectacle préféré. Les garçons comme moi, qui se sont trouvés moches dans leur enfance, sont en général tellement étonnés d'arriver à séduire une jolie fille qu'ils les demandent en mariage un peu vite.

La suite n'est pas d'une folle originalité : disons, pour ne pas entrer dans les détails, que nous nous sommes installés dans un appartement trop petit pour un si grand amour. Du coup, nous sortions trop souvent de chez nous, et fûmes entraînés dans un tourbillon assez corrompu. Les gens disaient de nous :

— Ils sortent beaucoup, ces deux-là.

— Oui, les pauvres... Comme ils doivent aller mal !

Et les gens n'avaient pas complètement tort, même s'ils étaient bien contents d'avoir, pour une fois, une jolie fille dans leurs soirées glauques.

La vie est ainsi faite que, dès que vous êtes un tantinet heureux, elle se charge de vous rappeler à l'ordre.

Nous fûmes infidèles, à tour de rôle.

Nous nous sommes quittés comme nous nous étions mariés : sans savoir pourquoi.

Le mariage est une gigantesque machination, une escroquerie infernale, un mensonge organisé, dans lequel nous avons péri comme deux enfants. Pourquoi ? Comment ? C'est très simple. Un jeune homme demande sa main à la femme qu'il aime. Il crève de trouille, c'est mignon, il rougit, il transpire, il bégaye et elle, elle a les yeux qui brillent, elle rit nerveusement, lui fait répéter sa question. Dès qu'elle a dit oui, soudain une interminable liste d'obligations vont leur tomber dessus, dîners et déjeuners de famille, plans de table, essayages de la robe, engueulades, interdit de roter ou péter devant les beaux-parents, tenez-vous droit, souriez, souriez, c'est un cauchemar sans fin et ce n'est que le tout début : ensuite, vous allez voir, tout est organisé pour qu'ils se détestent.

IX

Pluie sur Copacabana

Les contes de fées n'existent que dans les contes de fées. La vérité est plus décevante. La vérité est toujours décevante, c'est pourquoi tout le monde ment.

La vérité, c'est la photo d'une autre femme trouvée par inadvertance dans mon sac de voyage, à Rio de Janeiro (Brésil), la veille du Jour de l'An. La vérité, c'est que l'amour commence dans l'eau de rose et finit en eau de boudin. Anne cherchait sa brosse à cheveux et fut décoiffée par un Polaroïd de femme assorti de quelques lettres d'amour qui n'étaient pas d'elle.

A l'aéroport de Rio, Anne m'a largué.

Elle voulait rentrer à Paris sans moi. Je n'étais pas en position de la contredire. Elle pleurait avec étonnement. L'effroi de quelqu'un qui a tout perdu en vingt secondes. C'était une petite fille adorable qui découvrait d'un seul coup que la vie est épouvantable et que son mariage s'écroulait. Elle ne voyait plus rien, il n'y avait plus d'aéroport, plus de file d'attente, plus de tableaux d'affichage, tout avait disparu, sauf moi, son bourreau. Comme je regrette aujourd'hui de ne pas l'avoir serrée dans mes bras ! Mais j'étais gêné que ses larmes n'arrêtassent pas de couler, et tout le monde me regardait. Il est toujours assez embarrassant d'être un salaud en public.

Au lieu de lui demander pardon, je lui ai dit : « Monte, tu vas rater l'avion. » Je n'ai rien dit pour la sauver. Rien que d'y repenser aujourd'hui, j'en ai encore mon grand menton qui tremble. Elle avait un regard implorant, triste, embué, haineux, battu, inquiet, déçu, innocent, fier, méprisant qui restait tout de même bleu. Jamais je ne vais rêve. On aimerait que tout ceci ne soit jamais arrivé. On voudrait faire « pomme z » avec sa vie. Car c'est soi-même qu'on abîme le plus, quand on fait souffrir quelqu'un.

Oui, c'est vrai, je me souviens très bien de la nuit où j'ai cessé de dormir. Un million de Brésiliens vêtus de blanc, sous la pluie, sur la plage. Feu d'artifice géant devant le Méridien. Il fallait jeter des fleurs blanches dans les vagues en faisant un vœu que les divinités réaliseraient dans l'année. J'ai balancé un bouquet dans les flots en souhaitant très fort que tout s'arrange. Je ne sais pas ce qui s'est passé : mes fleurs devaient être moches, ou les dieux absents. En tout cas, je n'ai jamais été exaucé.

Palais de Justice de Paris

Le divorce n'est jamais léger. Quelles sortes d'ordures sommes-nous devenus pour croire qu'il s'agit d'un acte sans gravité ? Anne a cru en moi. Elle m'a confié sa vie devant Dieu (et, plus impressionnant : devant la République Française). J'ai signé un pacte par lequel je lui promettais de m'occuper d'elle toujours et d'élever nos enfants. Je l'ai escroquée. C'est elle qui a demandé le divorce : juste retour des choses, puisque c'est moi qui l'avait demandée en mariage. Nous n'aurons pas d'enfants et tant mieux pour eux. Je suis un traître et un lâche, ce qui aurait fait beaucoup pour un père de famille. Je plaide coupable — pour cesser de culpabiliser.

Pourquoi n'y a-t-il personne aux divorces? A mon mariage, tous mes amis m'entouraient. Mais le jour de mon divorce, je suis incroyablement seul. Pas de témoins, ni de demoiselles d'honneur, pas de famille, ni de copains bourrés pour me taper dans le dos. Ni fleurs, ni couronnes. J'aurais aimé qu'on me lance quelque chose, à défaut de riz, je ne sais pas, des tomates pourries, par exemple. A la sortie du Palais de Justice, ce genre de projectile est pourtant monnaie courante. Où sont-ils, tous ces proches qui se gavaient de petits fours à mes noces et qui à présent me boycottent, alors que ce devrait être l'inverse — on devrait toujours se marier seul et divorcer avec le soutien de tous ses amis?

Il paraît que certains pasteurs anglicans organisent des cérémonies religieuses de divorce à l'amiable, avec bénédiction des séparés et remise solennelle des alliances à l'officiant. « Mon père, je vous rends cette bague comme le signe que mon mariage est terminé. » Je trouve que cela a de la gueule. Le Pape devrait étudier la question : cela ramènerait du monde dans les églises, et puis la revente des alliances rapporterait plus que la quête, non ? Idée à creuser, me dis-je alors que le juge des divorces tente la conciliation. Il nous demande, à Anne et moi, si nous sommes sûrs de vouloir divorcer. Il nous parle comme si nous étions des enfants de quatre ans. J'ai envie de lui répondre que non, que nous sommes venus ici pour faire un tennis. Et puis je réfléchis, et je me rends compte qu'il nous a percés à jour : il a raison, nous sommes des enfants de quatre ans.

Le divorce est un dépucelage mental. En l'absence de la « bonne guerre » que nous mériterions, ce genre de désastres (tout comme perdre sa mère ou son père, se retrouver paralysé après un accident de voiture, perdre son logement à la suite d'un licenciement abusif) sont les seuls événe-

48

ments qui nous apprennent à devenir des hommes.

... Et si l'adultère m'avait rendu adulte?

On fait semblant d'être indifférent au divorce, mais arrive bientôt le moment terrible où l'on comprend être passé de « la Belle au bois dormant » à « Nous ne vieillirons pas ensemble ». Adieu souvenirs charmants, il faut renoncer aux surnoms adorables qu'on se donnait, brûler les photos du voyage de noces, éteindre la radio quand on y entend une chanson qu'on fredonnait ensemble. Certaines phrases vous mettent hors de vous : « Je m'habille comment? », « Qu'est-ce qu'on fait ce soir? », car elles vous rappellent de mauvais souvenirs. Vous aurez inexplicablement les larmes aux yeux chaque fois que vous assisterez à des retrouvailles dans un aéroport. Et même le Cantique des Cantiques deviendra une torture : « Vos joues ont la beauté de la tourterelle, et votre cou est comme de riches colliers... Vous avez blessé mon cœur, ma sœur, mon épouse, vous avez blessé mon cœur par l'un de vos yeux et par un cheveu de votre cou. »

Les seules fois où l'on se croisera désormais, ce sera en présence d'une souriante avocate qui aura, par-dessus le marché, le mauvais goût d'être enceinte jusqu'aux dents. On se fera la bise comme de vieux amis. On ira boire un café ensemble comme si la Terre ne venait pas de s'écrouler. Autour de nous les gens continueront de vivre. On bavardera d'un ton badin, puis, quand on se séparera, l'air de rien, ce sera pour toujours. « Au revoir » sera le dernier mensonge.

XI

L'homme de trente ans

Dans mon milieu, on ne se pose aucune question avant l'âge de trente ans et, à ce moment-là, bien sûr, il est trop tard pour y répondre.

Voici comment ça se passe : tu as 20 ans, tu déconnes un brin, et quand tu te réveilles tu en as 30. C'est fini : plus jamais ton âge ne commencera par un 2. Tu dois te résoudre à avoir dix ans de plus qu'il y a dix ans, et dix kilos de plus que l'année dernière. Combien d'années il te reste ? 10 ? 20 ? 30 ? L'espérance de vie moyenne t'en accorde encore 42 si tu es un homme, 50 si tu es une femme. Mais elle ne compte pas les maladies, les cheveux qui tombent, le gâtisme, les taches sur les mains. Personne ne se pose ces questions : En avons-nous assez profité ? Aurions-nous dû vivre autrement ? Sommes-nous avec la bonne personne, dans le bon endroit ? Que nous propose ce monde ? De la naissance à la mort, on branche nos vies sur pilotage automatique, et il faut un courage surhumain pour en changer le cours.

A 20 ans, je croyais tout savoir de la vie. A 30 ans, j'ai appris que je ne savais rien. Je venais de passer dix années à apprendre tout ce qu'il me faudrait, par la suite, désapprendre.

Tout était trop parfait. Il faut se méfier des couples idéaux : ils aiment trop être beaux ; ils se forcent à sourire, comme s'ils assuraient la promotion d'un nouveau film au Festival de Cannes. L'embêtant avec le mariage d'amour, c'est qu'il démarre trop haut. La seule chose qui puisse arriver d'étonnant à un mariage d'amour, c'est un

cataclysme. Sinon, quoi? La vie est finie.
On était déjà au Paradis avant d'avoir
vécu. On devra rester jusqu'à sa mort dans
le même film parfait, avec le même casting
impeccable. C'est invivable. Quand on a
tout trop tôt, on finit par espérer un
désastre, en guise de délivrance. Une catastrophe pour être soulagé.

J'ai mis longtemps à admettre que je ne
m'étais marié que pour les autres, que le
mariage n'est pas quelque chose que l'on
fait pour soi-même. On se marie pour éner-
ver ses amis ou faire plaisir à ses parents,
souvent les deux, parfois l'inverse. De nos
jours, les neuf dixièmes des épousailles
bécébégés ne constituent que des passages
obligés, des cérémonies mondaines où des
parents coincés rendent des invitations.
Parfois, dans certains cas gravement
atteints, la belle-famille vérifie que son
futur gendre figure dans le Bottin mondain,
soupèse sa bague de fiançailles pour en vérifier le nombre de carats et insiste pour avoir

un reportage dans *Point de Vue-Images du Monde*. Mais ce sont vraiment des cas extrêmes.

On se marie exactement comme on passe son baccalauréat ou son permis de conduire : c'est toujours le même moule dans lequel on veut se couler pour être normal, normal, NORMAL, à tout prix. A défaut d'être au-dessus de tout le monde, on veut être comme tout le monde, par peur d'être en dessous. Et c'est le meilleur moyen de ruiner un amour véritable.

Le mariage n'est d'ailleurs pas seulement un modèle imposé par l'éducation bourgeoise : il fait aussi l'objet d'un colossal lavage de cerveau publicitaire, cinématographique, journalistique, et même littéraire, une immense intox qui finit par pousser de ravissantes demoiselles à désirer la bague au doigt et la robe blanche alors que, sans cela, elles n'y auraient jamais songé. Le Grand Amour, ça oui, avec ses hauts et ses bas, bien sûr qu'elles y penseraient, sinon pourquoi vivre? Mais le Mariage, l'Institution-qui-rend-l'Amour-Chiant, « le boulet de l'amour à perpétuité et de l'accouplement à vie » (Maupassant) : jamais. Dans un monde parfait, les filles de vingt ans ne seraient jamais attirées par une invention aussi artificielle. Elles rêveraient de sincérité, de passion, d'absolu — pas d'un type en jaquette de location. Elles attendraient l'Homme qui saurait les étonner chaque jour que Dieu fait, pas l'Homme qui va leur offrir des étagères Ikéa. Elles laisseraient la Nature — c'est-à-dire le désir — faire son office. Malheureusement leur maman frustrée leur souhaite un malheur identique, et elles-mêmes ont vu trop de soap-operas. Alors elles attendent le Prince Charmant, ce concept publicitaire débile qui fabrique des déçues, des futures vieilles filles, des aigries, alors que seul un homme imparfait peut les rendre heureuses.

Bien entendu, les bourgeois vous jureront que de tels schémas n'ont plus cours, que les mœurs ont changé, mais croyez-en une victime énervée : jamais l'oppression n'a été plus violente que dans notre époque de fausse liberté. Le totalitarisme conjugal continue, chaque jour, de perpétuer le malheur, de génération en génération. On nous impose ce pipeau en fonction de principes factices et usés, dans le but inavoué de reproduire encore et toujours un héritage de douleur et d'hypocrisie. Briser des vies reste le sport préféré des vieilles familles françaises, et elles s'y connaissent en la matière. Elles ont de l'entraînement. Oui, on peut encore l'écrire aujourd'hui : familles, je vous hais.

Je vous hais d'autant plus que je me suis rebellé beaucoup trop tard. Au fond de moi-même, j'étais bien content. J'étais un plouc de roturier, descendant de hobereaux béarnais, fier comme un paon d'épouser Anne, l'aristochatte de porcelaine. J'ai été imprudent, fat, naïf et stupide. Je le paye cash. J'ai mérité cette débâcle. J'étais comme tout le monde, comme vous qui me lisez, persuadé d'être l'exception qui confirme la règle. Évidemment, le malheur allait m'éviter, nous passerions entre les gouttes. L'échec n'arrive qu'aux autres. L'amour s'en est allé un jour, et j'ai été réveillé en sursaut. Jusque-là, je m'étais forcé à jouer le mari comblé. Mais je me mentais à moi-même depuis trop longtemps pour ne pas, un jour, commencer à mentir à quelqu'un d'autre.

XII

Les illusions perdues

Notre génération est trop superficielle pour le mariage. On se marie comme on va au MacDo. Après, on zappe. Comment voudriez-vous qu'on reste toute sa vie avec la même personne dans la société du zapping généralisé? Dans l'époque où les stars, les hommes politiques, les arts, les sexes, les religions n'ont jamais été aussi interchangeables? Pourquoi le sentiment amoureux ferait-il exception à la schizophrénie générale?

Et puis d'abord, d'où nous vient donc cette curieuse obsession : s'escrimer à tout prix pour être heureux avec une seule personne? Sur 558 types de sociétés humaines,

24 % seulement sont monogames. La plupart des espèces animales sont polygames. Quant aux extra-terrestres, n'en parlons pas : il y a longtemps que la Charte Galactique X23 a interdit la monogamie dans toutes les planètes de type B#871.

Le mariage, c'est du caviar à tous les repas : une indigestion de ce que vous adorez, jusqu'à l'écœurement. « Allez, vous en reprendrez bien un peu, non? Quoi? Vous n'en pouvez plus? Pourtant vous trouviez cela délicieux il y a peu, qu'est-ce qui vous prend? Sale gosse, va! »

La puissance de l'amour, son incroyable pouvoir, devait franchement terrifier la société occidentale pour qu'elle en vienne à créer ce système destiné à vous dégoûter de ce que vous aimez.

Un chercheur américain vient de démontrer que l'infidélité est biologique. L'infidélité, selon ce savant renommé, est une *stratégie génétique pour favoriser la survie de*

l'espèce. Vous imaginez la scène de ménage :
« Mon amour, je ne t'ai pas trompée pour le
plaisir : c'était pour la survie de l'espèce,
figure-toi ! Peut-être que toi tu t'en fous,
mais il faut bien que quelqu'un s'en pré-
occupe, de la survie de l'espèce ! Si tu crois
que ça m'amuse !... »

Je ne suis jamais rassasié : quand une
fille me plaît, je veux en tomber amoureux ;
quand j'en suis amoureux, je veux
l'embrasser ; quand je l'ai embrassée, je
veux coucher avec elle ; quand j'ai couché
avec elle, je veux vivre avec elle dans un
meublé ; quand je vis avec elle dans un meublé, je veux l'épouser ; quand je l'ai épou-
sée, je rencontre une autre fille qui me
plaît. L'homme est un animal insatisfait qui
hésite entre plusieurs frustrations. Si les
femmes voulaient jouer finement, elles se
refuseraient à eux pour qu'ils leur courent
après toute leur vie.

La seule question en amour, c'est : à partir de quand commence-t-on à mentir ? Êtes-

sienne. Il tente de la reprendre mais elle l'enlève à nouveau. Je me disais : quelle salope ! Pourquoi autant de cruauté ? Ce n'est pourtant pas compliqué de laisser sa main dans la main de son mari, merde ! Jusqu'au jour où la même chose m'est arrivée. Je me suis mis à repousser la main d'Anne sans arrêt. Elle me prenait gentiment la main, ou le bras, ou bien posait sa main sur ma cuisse quand nous regardions la télé, et moi que voyais-je ? Une main molle, blancheâtre, avec la consistance d'un gant Mappa. Je frissonnais de dégoût. C'était comme si elle posait un poulpe sur moi. Je culpabilisais : mon Dieu, comment en étais-je arrivé là ? J'étais devenu la salope du livre de Dan Franck. Elle insistait pour mêler ses doigts aux miens. Je me forçais, sans parvenir à réprimer une grimace. Je me levais d'un bond, soi-disant pour aller pisser, en réalité juste pour fuir cette main. Puis je revenais sur mes pas, pris de remords, et je regardais sa main que j'avais aimée. Sa main que je lui avais demandée devant Dieu. Sa main que, trois ans plus tôt, j'aurais donné ma vie pour tenir ainsi. Et je ne ressentais que haine de moi, honte d'elle, indifférence, envie de chialer. Et je serrais contre mon cœur cette pieuvre molle, puis je lui faisais un baisemain mouillé de tristesse et de dépit.

L'amour est fini quand il n'est plus possible de revenir en arrière. C'est comme ça qu'on s'en rend compte : de l'eau a coulé sous les ponts, l'incompréhension règne ; on a rompu sans même s'en apercevoir.

XIII

Flirting with disaster

Cette nuit, dans le cours de ma virée, un pote est venu me parler (je ne me souviens plus qui, ni quand, et encore moins où).

— Pourquoi fais-tu la gueule ?, m'a-t-il demandé.

Je me souviens lui avoir juste répondu :

— Parce que l'amour dure trois ans.

Apparemment, cela a fait son effet : le type s'est éclipsé. Du coup, je ressers cette réplique partout où j'apparais. Dès que j'ai l'air triste et qu'on me demande pourquoi, je rétorque, de but en blanc :

— Parce que l'amour dure trois ans.

Je trouve ça d'un chic fou.

A la longue, je me dis même que ça ferait peut-être un bon titre de livre.

L'amour dure trois ans. Même si vous êtes marié depuis quarante ans, au fond de vous-même, avouez que vous savez très bien que c'est vrai. Vous voyez très bien à quoi vous avez renoncé ; à quel moment vous avez abdiqué. Le jour fatidique où vous avez cessé d'avoir peur.

Entendre que l'amour dure trois ans n'est pas agréable ; c'est comme un tour de magie raté, ou comme quand le réveil sonne au milieu d'un rêve érotique. Mais il faut briser le mensonge de l'amour éternel, fondement de notre société, artisan du malheur des gens.

Après trois ans, un couple doit se quitter, se suicider, ou faire des enfants, ce qui sont trois façons d'entériner sa fin.

On nous dit souvent qu'au bout d'un certain temps, la passion devient « autre chose », de plus solide et plus beau. Que

cette « autre chose », c'est l'Amour avec un
grand « A », un sentiment certes moins exci-
tant, mais aussi moins immature. J'aimerais
être bien clair : cette « autre chose »
m'emmerde, et si c'est cela l'Amour, alors
je laisse l'Amour aux paresseux, aux décou-
ragés, aux gens « mûrs » qui se sont engon-
cés dans leur confort sentimental. Moi, mon
amour il a un petit « a » mais de grandes
envolées ; il ne dure pas très longtemps mais
au moins, quand il est là on le sent passer.
Leur « autre chose » en quoi ils voudraient
transformer l'amour ressemble à une théo-
rie inventée pour pouvoir se contenter de
peu, et se rassurer en clamant qu'il n'y a
rien de mieux. Ils me font penser aux jaloux
qui rayent les portes des voitures de luxe
parce qu'ils n'ont pas les moyens de s'en
offrir une.

Fin de soirée apocalyptique. Envie d'en
finir avec la boule dans le ventre. Vers cinq
heures du matin, je téléphone à Adeline H.,
c'est dire si je vais mal. J'ai son numéro
perso. C'est elle qui décroche : « Allô ?

Allô? Qui est à l'appareil? » Voix rauque. Je la réveille. Pourquoi n'a-t-elle pas mis son répondeur? Je ne sais pas quoi lui dire. « Euh... Excuse-moi de te réveiller... je voulais juste te dire bonsoir... » « C'EST QUI? T'ES DINGUE OU QUOI, PUTAIN?! » Je raccroche. Assis, immobile, la tête appuyée sur les deux mains, j'hésite entre la boîte de Lexomil et la pendaison : et pourquoi pas les deux? Je n'ai pas de corde, mais plusieurs cravates Paul Smith attachées entre elles feront bien l'affaire. Les tailleurs anglais choisissent toujours des matières très résistantes. Je colle un Post-it sur la télé : « TOUT HOMME ENCORE EN VIE APRÈS 30 ANS EST UN CON. » J'ai bien fait de louer un appartement avec poutres apparentes. Il suffit de monter sur cette chaise, là, comme ceci, puis de boire le verre de Coca-Cola contenant les anxiolytiques écrasés. Après, on passe la tête dans le nœud coulant, et au moment où l'on s'endort, logiquement, c'est pour ne plus se réveiller.

XIV

Résurrection provisoire

Si : on se réveille. On ouvre un œil, puis l'autre, on a doublement mal au crâne, à cause de la gueule de bois mais aussi d'une énorme bosse en phase de développement accéléré sur le haut du front. C'est l'après-midi, et l'on se sent très ridicule avec cet enchevêtrement de cravates autour du cou, allongé au pied d'une chaise renversée et d'une femme de ménage debout.

— Bonjour Carmelita... Je... J'ai dormi longtemps ?

— Pouviez-vous vous poussi s'il vo pli Missieu cé pour passé l'achpirador s'il vo pli Missieu ?

Ensuite, on trouve un mot sur sa télé : « TOUT HOMME ENCORE EN VIE APRÈS 30 ANS EST UN CON » et on est épaté par ce don de prémonition. Pauvre chéri. Ça veut plaire à toutes les jolies filles et ça déprime pour un simple divorce. Il fallait y penser plus tôt. Maintenant je n'ai plus que ma douleur pour me tenir compagnie. Quelle perte de temps que de vouloir se tuer, quand on est déjà mort.

Les suicidaires sont vraiment des gens invivables. Ma femme m'a rendu la liberté, et voici que je lui en veux. Je lui en veux de me laisser face à moi-même. Je lui en veux de m'autoriser à repartir de zéro. Je lui en veux de m'obliger à prendre mes responsabilités. Je lui en veux de m'avoir poussé à écrire ce paragraphe. J'ai souffert d'être enfermé, et maintenant je souffre d'être libre. C'est donc cela, la vie d'adulte : construire des châteaux de sable, puis sauter dessus à pieds joints, et recommencer l'opération, encore et encore, alors qu'on sait bien que l'océan les aurait effacés de toute façon ?

J'ai les paupières lourdes comme la nuit qui tombe. Cette année, j'ai beaucoup vieilli. A quoi reconnaît-on qu'on est vieux ? A ce qu'on va mettre trois jours à récupérer de cette cuite. A ce qu'on rate tous ses suicides. A ce qu'on est rabat-joie dès qu'on rencontre des plus jeunes. Leur enthousiasme nous énerve, leurs illusions nous fatiguent. On est vieux quand on a dit la veille à une demoiselle née en 1976 : « 76 ? Je m'en rappelle, c'était l'année de la sécheresse. »

N'ayant plus d'ongles à ronger, je décide de sortir dîner.

XV

Le mur des lamentations (suite)

J'ai beau savoir que l'amour est impossible, je suis sûr que dans quelques années, je serai fier d'y avoir cru. Personne ne pourra jamais nous enlever ça, à Anne et moi : nous y avons cru, en toute sincérité. Nous avons foncé tête baissée dans une *muleta* en béton armé. Ne riez pas. Personne ne se moque de Don Quichotte qui attaquait pourtant des moulins à vent.

Longtemps, mon seul but dans la vie était de m'auto-détruire. Puis, une fois, j'ai eu envie de bonheur. C'est terrible, j'ai honte, pardonnez-moi : un jour, j'ai eu cette vulgaire tentation d'être heureux. Ce que j'ai appris depuis, c'est que c'était la meilleure manière de me détruire. Au fond, sans le faire exprès, je suis un garçon cohérent.

Je ne sais pas pourquoi j'ai accepté ce dîner chez Jean-Georges. Je n'ai toujours pas faim. J'ai toujours mis un point d'honneur à attendre d'avoir faim pour manger. L'élégance, c'est ça : manger quand on a faim, boire quand on a soif, baiser quand on bande. Mais bon, je ne vais pas attendre d'être mort d'inanition pour voir mes copains. Jean-Georges aura sûrement encore invité la même bande de malades sublimes, mes meilleurs amis. Personne ne parlera de ses problèmes car chacun saura que les autres en ont autant. On changera de sujet pour tromper le désespoir.

J'avais tort. Jean-Georges est seul chez lui. Il veut m'entendre. Il m'attrape par le col et me secoue comme un parcmètre n'imprimant pas le ticket horodateur après avoir avalé sa pièce de dix balles.

— Hier soir, je t'ai demandé pourquoi tu

tirais la tronche et tu m'as répondu que l'amour durait trois ans. Non mais tu te fous de ma gueule ou quoi? Tu te crois dans un de tes bouquins? Je vois très bien que ton divorce n'a rien à voir là-dedans! Alors maintenant, ça suffit les conneries, tu me parles, oui ou merde? Sinon, à quoi je sers, moi?

Je baisse les yeux pour cacher qu'ils s'embuent. Je fais semblant d'être enrhumé pour pouvoir renifler. Je bredouille :

— Euh... Mais non, vraiment, je ne vois pas ce que tu veux dire...

— Arrête. C'est qui? Je la connais?

Alors, à voix basse, le cœur gros, les pieds en dedans, je passe aux aveux :

— Elle s'appelle Alice.

XVI

Veux-tu être mon harem ?

Alors voilà : Marc et Alice se sont mariés il y a trois ans. L'embêtant, c'est qu'ils ne se sont pas mariés ensemble.

Marc a épousé Anne, et Alice s'est mariée avec Antoine. C'est ainsi : la vie s'arrange toujours pour compliquer les choses — ou bien est-ce nous qui recherchons la complication ?

C'est la photo d'Alice qu'Anne a découverte à Rio. Un ravissant Polaroïd d'Alice en bikini sur une plage italienne, près de Rome. A Fregene, pour être précis.

Alice et moi avons eu une « liaison extraconjugale ». C'est ainsi qu'on appelle les plus belles passions romantiques, à notre époque. Des gens meurent d'amour tous les jours pour des « liaisons extra-conjugales ». Ce sont souvent des femmes que vous croisez dans la rue. Elles n'ont l'air de rien car elles cachent en elles ce secret, mais quelquefois vous les verrez pleurer sans raison devant un mauvais feuilleton, ou sourire d'une façon magnifique dans le métro et alors, alors vous saurez de quoi je parle. Souvent, la situation est bancale : une femme célibataire aime un homme marié, il ne veut pas quitter sa femme, c'est affreux, abject, banal. Là, nous étions tous les deux mariés quand nous nous sommes rencontrés. L'équilibre était presque parfait. Seulement, j'ai craqué le premier : c'est moi qui divorce, alors qu'Alice n'en a pas du tout l'intention. Pourquoi quitterait-elle son mari pour un dingue qui crie sur les toits que l'amour dure trois ans ?

Je devrais lui dire que je ne le pense pas

vraiment mais ce serait mentir. Or, j'en ai assez de mentir. J'en ai assez de ma double vie. La polygamie est entièrement légale en France : il suffit d'être doué pour le mensonge. Il n'est pas très sorcier d'avoir plusieurs femmes. Cela demande seulement un peu d'imagination et beaucoup d'organisation. Je connais plein de mecs qui ont un harem, en France, en plein 1995. Chaque soir, ils choisissent celle qu'ils vont appeler, et le pire c'est qu'elle accourt, la pauvre élue. Pour faire ça, il faut être diplomate et hypocrite, ce qui revient à peu près au même. Mais moi j'en ai marre. Je n'en peux plus. Déjà que je suis schizophrène dans ma vie professionnelle, je refuse de le devenir dans ma vie sentimentale. Je trouve que ce serait beau, de ne faire qu'une seule chose à la fois, pour une fois.

Résultat : de nouveau seul.

L'amour est une catastrophe magnifique : savoir que l'on fonce dans un mur, et accélérer quand même ; courir à sa perte, le sourire aux lèvres ; attendre avec curiosité le moment où cela va foirer. L'amour est la seule déception programmée, le seul malheur prévisible dont on redemande. Voilà ce que j'ai dit à Alice, avant de la supplier à genoux de partir avec moi — en vain.

XVII

Dilemmes

Un jour, le malheur est entré dans ma vie et moi, comme un con, je n'ai plus jamais réussi à l'en déloger.

L'amour le plus fort est celui qui n'est pas partagé. J'aurais préféré ne jamais le savoir, mais telle est la vérité : il n'y a rien de pire que d'aimer quelqu'un qui ne vous aime pas — et en même temps c'est la chose la plus belle qui me soit jamais arrivée. Aimer quelqu'un qui vous aime aussi, c'est du narcissisme. Aimer quelqu'un qui ne vous aime pas, ça, c'est de l'amour. Je cherchais une épreuve, une expérience, un rendez-

vous avec moi-même qui puisse me transformer : malheureusement, j'ai été exaucé
au-delà de mes espérances. J'aime une fille
qui ne m'aime pas, et je n'aime plus celle
qui m'aime. J'utilise les femmes pour me
détester moi-même.

« Fan-Chiang demanda : — Qu'est-ce que
l'amour ?

Le maître dit : — Donner plus de prix à
l'effort qu'à la récompense, cela s'appelle
l'amour. » (Confucius)

Merci, fourbe oriental, mais moi je ne
cracherais pas non plus sur la récompense.
En attendant, je suis abandonné. Dès
qu'Alice a appris que ma femme m'avait
quitté, elle a pris peur et fait marche
arrière. Plus de coups de fil, plus de mes-
sages sur la boîte vocale 3672, ni de numé-
ros de chambres d'hôtel sur le répondeur
du Bi-Bop*. Je suis comme une petite maî-

_____

* Le Bi-Bop et le 3672 Memophone sont des
inventions technologiques de France Telecom
exclusivement destinées à favoriser l'adultère,

79

tresse collante qui attend que son homme marié se souvienne de son petit cul. Moi qui n'affectionnais que les larges avenues, je me retrouve « back street ». Une seule question me taraude sans cesse et résume toute mon existence :

Qu'y a-t-il de pire : faire l'amour sans aimer, ou aimer sans faire l'amour ?

J'ai l'impression d'être comme Milou quand il a ses crises de conscience, avec d'un côté le petit ange qui lui dit de faire le bien, et de l'autre le mini-démon qui lui enjoint de faire le mal. Moi, j'ai un angelot qui veut que je revienne avec ma femme, et un diablotin qui me suggère de coucher avec Alice. Dans ma tête c'est un talk-show permanent entre eux deux, en direct. J'aurais préféré que le diable m'ordonne de baiser ma femme.

————————

dans le but de se faire pardonner la cafteuse touche « Bis » et les nombreux deals de drogue effectués grâce au « Tatoo ».

XVIII

Des hauts et des bas

La vie est un sitcom : une suite de scènes qui se déroulent toujours dans les mêmes décors, avec à peu près les mêmes personnages, et dont on attend les prochains épisodes avec une impatience teintée d'abrutissement. L'entrée en scène d'Alice là-dedans m'a surpris, un peu comme si l'une des trois *Drôles de Dames* débarquait sur le plateau d'*Hélène et les Garçons*.

Pour décrire Alice, je n'irai pas par quatre chemins : c'est une autruche. Comme cet oiseau coureur, elle est grande, sauvage, et se cache dès qu'elle sent le danger. Ses interminables jambes minces (au nombre de deux) supportent un buste sensuel doté de fruits arrogants (de même nombre). De longs cheveux, noirs et raides, couronnent un visage intense bien que doux. Le corps d'Alice semble avoir été conçu exclusivement pour déstabiliser les gentils hommes mariés qui n'avaient rien demandé — ou ne demandaient pas mieux. C'est ce qui la différencie de l'autruche (avec le fait qu'Alice ne pond pas d'œufs d'1 kg : j'ai eu l'occasion de le vérifier par la suite).

Je me souviens très bien de notre première rencontre, à l'enterrement de ma grand-mère, où j'étais venu sans mon épouse, que les obligations familiales ennuyaient, à juste titre. La famille est déjà quelque chose de pénible quand c'est la vôtre, alors imaginez quand c'est celle d'un autre... C'était d'ailleurs moi qui lui avais soutenu que, là où elle se trouvait, Bonne Maman ne se rendrait vraisemblablement pas compte de son absence. Je ne sais pas, j'avais dû sentir que quelque chose allait m'arriver.

Toute l'église surveillait mon grand-père pour voir s'il pleurerait. « BON DIEU, FAITES QU'IL TIENNE », priais-je. Mais le curé avait une botte secrète : il évoqua les cinquante ans de mariage de Bon Papa avec Bonne Maman. L'œil de mon grand-père, pourtant colonel en retraite, se mit à rougir. Lorsqu'il versa une larme, ce fut comme un signal de départ : la famille entière ouvrit les vannes, sanglota, se répandit en regardant le cercueil. Il était inimaginable de se dire que Bonne Maman était là-dedans. Il a fallu qu'elle meure pour que je me rende compte à quel point je tenais à elle. Zut, à la fin. Quand je ne quittais pas les gens que j'aimais, c'étaient eux qui mouraient. Je me suis mis à pleurer sans aucune retenue car je suis un garçon influençable.

Quand j'ai cessé de voir trouble, j'ai aperçu une belle brune qui m'observait. Alice m'avait vu dégouliner. Je ne sais pas si c'est l'émotion, ou le contraste avec le lieu, mais j'ai ressenti une immense attirance pour cette mystérieuse apparition en pull moulant noir. Plus tard, Alice m'avoua qu'elle m'avait trouvé très beau : mettons cette erreur d'appréciation sur le compte de l'instinct maternel. L'essentiel, c'est que mon attirance était réciproque — elle avait envie de me consoler, cela se voyait. Cette rencontre m'a appris que la meilleure chose à faire dans un enterrement, c'est de tomber amoureux.

C'était une amie d'une cousine. Elle me présenta son mari, Antoine, très sympa, trop, peut-être. Pendant qu'elle embrassait mes joues mouillées, elle comprit que j'avais compris qu'elle avait vu que j'avais vu qu'elle m'avait regardée comme elle m'avait regardé. Je me souviendrai toujours de la première chose que je lui ai dite :

— J'aime bien la structure osseuse de ton visage.

J'eus le loisir de la détailler. Une jeune

femme de 27 ans, simplement belle. Frémissement de cils. Rire boudeur qui fait bondir ton cœur dans sa cage thoracique soudain trop étroite. Merveille de regards détournés, de cheveux dénoués, de cambrure au bas du dos, de dents éclatantes. Mowgli Cardinale dans *Le Livre du Guépard*. Betty Page étirée sur un mètre soixante-dix-sept. Une folle rassurante. Une allumeuse calme, d'une réserve impudique. Une amie, une ennemie.

Comment se faisait-il que je ne l'aie jamais rencontrée? A quoi me servait-il de connaître tant de monde si cette fille n'en faisait pas partie?

Il faisait froid sur le parvis de l'église. Vous voyez très bien où je veux en venir — oui, ses tétons durcissaient sous son pull moulant noir. Elle avait des seins érigés en système. Son visage était d'une pureté que démentait son corps sensuel. Exactement mon type : je n'aime rien tant que la contradiction entre un visage angélique et un corps de salope. J'ai des critères dicho-tomiques.

A cet instant précis j'ai su que je donne-rais n'importe quoi pour entrer dans sa vie, son cerveau, son lit, voire le reste. Avant d'être une autruche, cette fille était un paratonnerre : elle attirait les coups de foudre.

— Tu connais le Pays basque ? lui ai-je demandé.

— Non mais ça a l'air joli.

— Ce n'est pas joli, c'est beau. Quel dommage que je sois marié et toi aussi, parce que sans cela nous aurions pu fonder une famille dans une ferme de la région.

— Avec des moutons ?

— Évidemment, avec des moutons. Et des canards pour le foie gras, des vaches pour le lait, des poules pour les œufs, un coq pour les poules, un vieil éléphant myope, une douzaine de girafes, et plein d'autruches comme toi.

— Je ne suis pas une autruche, je suis un paratonnerre.

— Eh oh! Si en plus tu lis dans mes pensées, où allons-nous?

Après son départ, j'ai erré, enchanté et insouciant, dans Guéthary, le village de Paul-Jean Toulet et le paradis de mon enfance. Je me suis promené, frais et léger, alors que je déteste les promenades (mais personne ne s'en préoccupa : les gens font toujours des trucs absurdes après un enterrement), j'ai déambulé devant la mer, tenant compte de chaque rocher, chaque vague, chaque grain de sable. Je sentais mon âme déborder. Tout le ciel était à moi. La Côte basque me portait plus de chance que la baie de Rio. J'ai souri aux nuages assoupis dans le ciel et à Bonne Maman qui ne m'en voulait pas.

XIX

Fuir le bonheur de peur
qu'il ne se sauve

Il faut se décider : ou bien on vit avec
quelqu'un, ou bien on le désire. On ne peut
pas désirer ce qu'on a, c'est contre-nature.
Voilà pourquoi les jolis mariages sont mis en
pièces par n'importe quelle inconnue qui
débarque. Même si vous avez épousé la plus
jolie fille possible, il y aura toujours une
inconnue nouvelle qui entrera dans votre
vie sans frapper et vous fera l'effet d'un
aphrodisiaque surpuissant. Or, pour aggraver les choses, Alice n'était pas n'importe
quelle inconnue. Elle portait un pull moulant noir. Un pull moulant noir peut modifier le cours de deux vies.

Tous mes soucis viennent de mon incapacité puérile à renoncer à la nouveauté, d'un besoin maladif de céder à l'attrait des mille possibilités incroyables que réserve l'avenir. C'est fou comme ce que je ne connais pas m'excite plus que ce que je connais déjà. Mais suis-je anormal? Ne préférez-vous pas lire un livre que vous n'avez pas lu, voir une pièce de théâtre que vous ne connaissez pas par cœur, élire n'importe qui Président plutôt que celui qui était là avant?

Mes meilleurs souvenirs avec Anne datent d'avant notre mariage. Le mariage est criminel car il tue le mystère. Vous rencontrez une créature envoûtante, vous l'épousez et soudain la créature envoûtante s'est volatilisée : c'est devenu votre femme. VOTRE femme! Quelle insulte, quelle déchéance pour elle! Alors que ce qu'on devrait chercher sans relâche, toute sa vie durant, c'est une femme qui ne vous appartienne jamais!

L'amour dure trois ans

(De ce côté-là, avec Alice, j'allais être
servi.)

Tout le problème de l'amour, me semble-
t-il, est là : pour être heureux on a besoin de
sécurité alors que pour être amoureux on a
besoin d'insécurité. Le bonheur repose sur
la confiance alors que l'amour exige du
doute et de l'inquiétude. Bref, en gros, le
mariage a été conçu pour rendre heureux,
mais pas pour rester amoureux. Et tomber
amoureux n'est pas la meilleure manière de
trouver le bonheur ; si tel était le cas, depuis
le temps, cela se saurait. Je ne sais pas si je
suis très clair, mais je me comprends : ce
que je veux dire, c'est que le mariage
mélange des trucs qui ne vont pas bien
ensemble.

En rentrant à Paris, je n'avais plus les
mêmes yeux. Anne était tombée de son pié-
destal. Nous fîmes l'amour sans conviction.
Ma vie était en train de basculer. Vous
voyez le 35e dessous ? Eh bien moi, je venais
d'emménager à l'étage inférieur.

Les vases communicants

Il n'y a pas d'amour heureux.

Il n'y a pas d'amour heureux.

Il n'y a pas d'amour heureux.

Combien de fois faudra-t-il te le répéter avant que ça te rentre bien dans le crâne, Ducon?

XX

Tout fout le camp

Quand une jolie fille vous regarde comme Alice m'avait regardé, il y a deux possibilités : ou bien c'est une allumeuse et vous êtes en danger ; ou bien ce n'est pas une allumeuse et vous êtes encore plus en danger.

J'étais une huître peinarde dans son confort hermétiquement clos, et tout d'un coup, voilà-t-y pas qu'Alice me cueillait, m'ouvrait la gueule et m'aspergeait de citron.

— Seigneur, ne cessais-je de me répéter, faites que cette fille aime son mari, parce que sinon, je suis dans la merde !

Les vases communicants

Je n'ai pas donné signe de vie à Alice.
J'espérais que le temps effacerait ce pince-
ment au cœur. J'avais raison : le temps
estompa mes sentiments, mais pas ceux que
j'aurais voulu. C'est Anne qui en faisait les
frais, à mon grand dam. Il y a beaucoup de
tristesse sur terre, mais il est difficile de
surpasser celle qui envahit une femme
quand elle sent que l'amour qu'on lui portait s'en va, oh tout doucement, pas du jour
au lendemain, non, mais irrésistiblement,
comme le sable du sablier. Une femme a
besoin qu'un homme l'admire pour s'épa-
nouir, du moins c'est ainsi que je vois les
choses. Une fleur a besoin de soleil. Anne se
fanait sous mes yeux absents. Qu'y pouvais-
je ? Le mariage, le temps, Alice, le monde, la
ronde des planètes, les pulls moulants noirs,
l'Europe de Maastricht, tout semblait se
liguer contre notre couple innocent.

Je quittais ma femme, et pourtant c'est à
moi-même que je disais au revoir. Le plus
dur ne serait pas de quitter Anne mais de

XXI

Points d'interrogation

Quand je rencontre un ami dans la rue, cela donne de plus en plus souvent ceci :

— Tiens ! Salut, ça va ?

— Non, et toi ?

— Non plus.

— Bon alors, à bientôt.

— Salut.

Ou c'est un copain qui me raconte une blague :

— Tu connais la différence entre l'amour et l'herpès ?

— ...

— Allez... Cherche... Tu devines pas ?

— ...

95

— C'est pourtant facile : l'herpès dure toute la vie.

— ...

Je ne ris pas. Je ne vois pas ce qu'il y a de drôle là-dedans. J'ai dû perdre mon sens de l'humour en cours de route.

Il est assez exaspérant de s'apercevoir que l'on a les mêmes interrogations que tout le monde. C'est une leçon de modestie.

Ai-je raison de quitter quelqu'un qui m'aime ?

Suis-je une ordure ?

A quoi sert la mort ?

Vais-je faire les mêmes conneries que mes parents ?

Peut-on être heureux ?

Est-il possible de tomber amoureux sans que cela finisse dans le sang, le sperme et les larmes ?

Les vases communicants

Ne pourrais-je pas gagner BEAUCOUP PLUS d'argent en travaillant BEAUCOUP MOINS?

Quelle marque de lunettes de soleil faut-il porter à Formentera?

Après quelques semaines de scrupules et de tortures, j'en vins à la conclusion suivante : si votre femme est en train de devenir une amie, il est temps de proposer à une amie de devenir votre femme.

XXII

Retrouvailles

La deuxième fois que j'ai vu Alice, c'était à un anniversaire quelconque dont la description nous ferait perdre du temps. Grosso modo, une amie d'Anne venait de vieillir d'un an et trouvait utile de célébrer l'événement. Quand j'ai reconnu la silhouette souple d'Alice (sa peau fragile bien qu'élastique), j'étais en train de servir une coupe de champagne à Anne. J'ai continué de remplir sa coupe un peu plus haut que le bord, inondant la nappe. Alice trinquait avec son mari. Mon visage a viré au grenat. J'ai avalé mon whisky cul sec. J'ai été obligé de regarder mes pieds pour parvenir à marcher sans trébucher. Cela m'a permis de cacher mon rougissement derrière mes cheveux. Fuyant mon épouse, je me suis rué aux chiottes pour vérifier ma coiffure, mon rasage, enlever mes lunettes, épousseter les pellicules sur mes épaules, arracher un poil qui dépassait de ma narine gauche. Que faire? Ignorer Alice? Pour draguer les jolies filles il ne faut pas leur parler. Il faut faire comme si elles n'existaient pas. Mais si elle s'en allait? Ne plus revoir Alice m'était déjà un supplice. Il fallait donc lui parler sans lui parler. Je suis revenu dans le salon, pour repasser devant Alice en faisant semblant de ne pas la voir.

— Marc! Tu ne me dis plus bonjour?

— Oh! Alice! ça alors! Excuse-moi, je ne t'avais pas reconnue! Je... suis... content... de... te... revoir...

— Moi aussi! Tu vas bien?

Elle était mondaine, indifférente et cauchemardesque, le regard ailleurs.

— Tu te souviens d'Antoine, mon mari?

Poignée de mains congelée.

— Tu ne nous présentes pas ta femme ?

— Ben... Elle est partie dans la cuisine pour planter les bougies sur le gâteau...

Pile comme je finissais ma phrase, les lumières s'éteignirent, les joyeux anniversaires furent entonnés, et Alice disparut dans l'adversité.

Je la vis prendre la main d'Antoine et ils s'éloignèrent comme sur un tapis roulant, tandis que la maîtresse de maison riait de son vieillissement, sous les applaudissements de copines de la même classe d'âge.

Vous qui me lisez, vous avez sûrement vu à la télévision des implosions d'immeubles : vous savez, quand on détruit des HLM à la dynamite. Après quelques secondes de compte à rebours, on voit l'immeuble vaciller, puis s'écrouler sur lui-même comme un millefeuille, dans un nuage de poussière et de gravats. C'est exactement ce que j'ai ressenti.

Alice et Antoine marchaient vers la sortie. Il fallait faire quelque chose. Je revois toute la scène au ralenti comme si c'était hier. Je les ai suivis jusqu'au vestiaire. Là, pendant qu'Antoine fouillait parmi les cintres encombrés, Alice a tourné vers moi ses yeux noirs qui débordaient. J'ai chuchoté :

— Ce n'est pas possible, Alice, ce n'est pas toi... Il ne s'est rien passé, le mois dernier, à Guéthary? Et ma ferme à autruches, qu'est-ce que je vais en faire?

Son visage s'est adouci. En baissant les yeux, tout doucement, à voix basse — tellement basse que je me suis demandé si je n'avais pas rêvé — elle laissa juste tomber ces deux mots en me frôlant discrètement la main, avant de disparaître avec son mari :

— J'ai peur...

Mon destin était scellé. Anne avait beau me demander : « Mais qui est cette fille? », l'immeuble se reconstruisait, en accéléré.

L'amour dure trois ans

On rembobinait la vidéo de son implosion. Plusieurs fanfares en célébraient l'inauguration. C'était le bal du 14 juillet, avec lampions et cotillons ! Discours du maire de Parly 2 ! Reportage en direct sur France 3 Ile-de-France ! La foule se suicide de joie ! Pan ! Pan ! Le bal popu se tue de liesse ! Mort collective ! C'est la Guyane en fête ! Le rallye du Temple Solaire ! On crevait en s'esclaffant de félicité ! La folie, putain de bordel !

Les plus belles fêtes sont celles qui ont lieu à l'intérieur de nous.

XXIII

Partir

Je suis fasciné par l'extrême tension électrique, palpable, tremblée, qui peut se créer entre un homme et une femme qui ne se connaissent pas, sans raisons particulières, comme ça, simplement parce qu'ils se plaisent et luttent pour ne pas le montrer.

Nul besoin de parler. C'est une question de moues, de poses. C'est comme une devinette, l'énigme la plus importante de votre vie. Les gens vulgaires nomment cela l'érotisme, alors qu'il ne s'agit que de pornographie, c'est-à-dire de sincérité. Le monde peut s'écrouler, vous n'avez d'yeux que pour ces autres yeux. Au plus profond de vous-même, en cet instant, vous savez enfin.

Vous savez que vous pourriez partir tout de suite avec cet être avec qui vous n'avez pas échangé plus de trois phrases. « Partir » : le plus beau mot de la langue française. Vous savez que vous êtes prêt à l'employer. « Partons. » « Il faut partir. » « Un jour, nous prendrons des trains qui partent » (Blondin). Vos bagages sont faits, et vous savez que le passé n'est qu'un amas confus posé derrière vous qu'il faut tenter d'oublier, puisque vous êtes en train de naître. Vous savez que ce qui se passe est très grave, et vous ne faites rien pour freiner. Vous savez qu'il n'y a pas d'autre issue. Vous savez que vous allez faire souffrir, que vous préféreriez l'éviter, qu'il faudrait raisonner, attendre, réfléchir, mais « Partir », « Partir ! » est plus fort que tout. Tout recommencer à zéro. La case « départ » promet tellement. C'est comme si on s'était jusque-là retenu de respirer sous l'eau, en apnée juvénile. L'avenir est l'épaule nue d'une inconnue. La vie vous donne une seconde chance; l'Histoire repasse les plats.

On pourrait croire que cette attirance est superficielle mais il n'y a rien de plus profond; on est prêt à tout; on accepte les défauts; on pardonne les imperfections; on les cherche même, avec émerveillement.

On n'est jamais attiré que par des faiblesses.

Alice était troublée, je lui faisais peur! Peur! Pourtant le plus terrifié des deux n'était certes pas elle. Néanmoins, jamais je n'ai été aussi joyeux de foutre la trouille à quelqu'un.

Je ne savais pas encore que j'allais le regretter.

XXIV

Beauté des commencements

Lors d'un de nos rendez-vous clandes-
tins, après avoir fait l'amour trois fois
d'affilée en criant de plaisir à l'hôtel
Henri-IV (place Dauphine), j'ai emmené
Alice au Café Beaubourg. Je ne sais pourquoi, car je déteste cet endroit lugubre,
comme tous les cafés « design ». Le café
« design » est une invention des Parisiens
pour parquer les provinciaux et déjeuner
tranquille au Café de Flore. En sortant sur
la place, devant l'usine Georges-Pompidou,
nous nous sommes arrêtés sous le Génitron,
cette horloge qui décompte les secondes qui
nous séparent de l'an 2000.

— Tu vois, Alice, cette horloge symbolise notre amour.

— Qu'est-ce que tu racontes?

— Le compte à rebours est commencé... Un jour, tu t'ennuieras, je t'énerverai, tu me reprocheras de ne pas avoir rabaissé la lunette des chiottes, je passerai la soirée devant la télé jusqu'à la fin des programmes, et tu me tromperas, comme tu trompes Antoine en ce moment.

— Et voilà, ça y est, tu recommences... Pourquoi ne peux-tu pas profiter du moment présent, au lieu de t'angoisser sur notre futur?

— Parce que nous n'avons pas de futur. Regarde les secondes qui défilent, elles nous rapprochent du malheur... Nous n'avons que trois ans pour nous aimer... Aujourd'hui tout est merveilleux, mais d'après mes calculs, ce sera fini entre nous le... 15 mars 1997.

— Et si je te quittais tout de suite, pour gagner du temps?

— Non, non attends, j'ai rien dit...

C'est à ce moment-là que je me suis rendu compte que j'aurais mieux fait de fermer ma gueule avec mes théories à la con.

— Euh..., ai-je repris, tu voudrais pas quitter Antoine, plutôt ? Comme ça on pourrait s'installer dans la Petite Maison dans la Prairie, et regarder nos enfants grandir dans le Jardin Enchanté...

— Oui, c'est ça, fous-toi de moi, en plus ! Tu es gentil, mais pourquoi faut-il toujours que tu gâches tous nos bons moments avec tes crises de cafard ?

— Mon amour, si un jour tu me trompes, je te promets deux choses : d'abord je me suicide, et après je te fais une scène de ménage dont tu te souviendras.

Ainsi allions-nous, couple illégitime, promeneurs planqués côte à côte, les yeux dans les yeux, mais jamais main dans la main au cas où nous croiserions des amis de nos mari et femme.

Avec elle j'ai découvert la douceur. J'ai pris des cours de naturel, des leçons de vie. Je crois que c'est cela qui m'a séduit chez Alice. Au premier mariage on cherche la perfection, au second on cherche la vérité.

Ce qu'il y a de plus beau chez une femme, c'est qu'elle soit saine. J'aime qu'elle respire la Santé, cette prison de plaisir! Je veux qu'elle ait envie de courir, de rire aux éclats, de se goinfrer! Des dents aussi blanches que le blanc des yeux, une bouche fraîche comme un grand lit, des lèvres cerise dont chaque baiser est un bijou, une peau tendue comme un tam-tam, des seins ronds comme des boules de pétanque, des clavicules fines comme des ailes de poulet, des jambes dorées comme la Toscane, un cul rebondi comme une joue de bébé, et surtout, surtout PAS DE MAQUILLAGE. Il faut qu'elle sente le lait et la sueur plutôt que le parfum et la cigarette.

Le test ultime, c'est la piscine. Les êtres se révèlent au bord des piscines : une intellectuelle lira sous son chapeau, une sportive organisera un water-polo, les narcissiques soigneront leur bronzage, les hypocondriaques se tartineront d'écran total... Si, au bord d'une piscine, vous rencontrez une femme qui refuse de mouiller ses cheveux pour ne pas les décoiffer, fuyez. Si elle plonge en gloussant, plongez.

Croyez-moi : j'ai tout essayé pour me retenir de tomber amoureux. Mettez-vous à ma place : chat échaudé craint d'être ébouillanté. Mais je ne pouvais cesser de penser à Alice. Par moments je la haïssais, je la détestais vraiment, je la trouvais ridicule, mal fagotée, lâche, vulgaire, cette grande godiche faussement romantique qui voulait garder sa petite vie chiante et installée, trouillarde minable et égoïste, une Olive (la femme de Popeye) antipathique, stupide, avec sa voix de crécelle et ses goûts de fashion victim. Puis, la minute suivante, je regardais sa photo ou j'entendais son adorable voix tendre au téléphone, ou bien elle m'apparaissait et me souriait, et je tombais en admiration, ébloui par tant de beauté fine, d'yeux vertigineux, de peau douce, de longs cheveux en apesanteur, c'était une sauvageonne, brune indomptable, indienne brûlante, une Esmeralda (la femme de Quasimodo) et mon Dieu comme je bénissais alors le Ciel de m'avoir donné la chance de rencontrer pareille créature.

Voici un test très simple pour savoir si vous êtes amoureux : si au bout de quatre ou cinq heures sans votre maîtresse, celle-ci se met à vous manquer, c'est que vous n'êtes pas amoureux — si vous l'étiez, dix minutes de séparation auraient suffi à rendre votre vie rigoureusement insupportable.

XXV

Merci Wolfgang

Tromper sa femme n'est pas très méchant en soi, si elle ne l'apprend jamais. Je crois même que beaucoup de maris le font pour se mettre en danger, pour prendre à nouveau des risques, comme quand ils cherchaient à séduire leur épouse. En ce sens, l'adultère est peut-être une déclaration d'amour conjugal. Mais peut-être pas. En tout cas, je crois que j'aurais eu un certain mal à faire avaler cela à Anne.

Je me souviens de notre dernier dîner en tête-à-tête. Je préférerais ne pas m'en souvenir, mais je m'en souviens quand même. Il paraît que les mauvais moments font les bons souvenirs : j'aimerais tant que cela fût exact. En ce qui me concerne, ils demeurent ancrés en moi à la rubrique « mauvais moments » et je ne parviens pas à en ressentir une quelconque nostalgie. Je souhaiterais être réincarné en magnétoscope VHS pour pouvoir effacer ces images qui me hantent.

Anne m'accablait de reproches, puis s'en voulait de m'accabler de reproches, et c'était encore plus triste. Je lui expliquais que tout était ma faute. Je m'étais fait un film, sinon pourquoi aurais-je coupé mes cheveux si courts pendant nos trois ans de mariage ? Ils étaient longs avant, et voici que je les laissais repousser. J'étais comme Samson : les cheveux courts, je ne valais pas un clou ! En plus, je n'avais jamais osé demander sa main en bonne et due forme à son père. Le mariage n'était donc pas valable. Elle riait gentiment à mes blagues. Je me sentais morveux mais elle souriait tristement comme si elle avait toujours su que cela se terminerait ainsi, dans ce joli restau, sur cette nappe blanche éclairée aux chandelles, à discuter comme de vieux copains. Nous n'avons même pas pleuré à table. On peut s'éloigner à jamais de quelqu'un, faillir à tous ses serments, et rester assis en face d'elle sans en faire tout un plat.

Finalement elle m'annonça qu'elle m'avait trouvé un remplaçant plus célèbre, plus vieux et plus gentil que moi. C'était vrai (je le sus plus tard, le dernier informé évidemment), elle l'avait dégoté sur son lieu de travail. Je ne m'y attendais pas du tout. Je l'ai engueulée.

— Une jeune minette qui se tape des vieux est aussi nulle qu'un vieux type qui se tape des jeunes. C'est trop facile !

— Je préfère un vieux beau rassurant à un jeune moche névrosé, m'a-t-elle répondu.

J'ignore pourquoi je m'étais imaginé qu'Anne resterait veuve éplorée, inconsolable. J'ignore aussi pourquoi cette nouvelle me vexa autant. Enfin, non, je n'ignore pas pourquoi. Je découvrais simplement que j'avais un amour-propre. Petit prétentieux. On se croit irremplaçable, et on est vite remplacé. Qu'est-ce que je m'étais imaginé ? Qu'elle se tuerait ? Qu'elle se laisserait dépérir ? Pendant que je rêvais d'Alice, jeune gandin persuadé d'être un superbe play-boy couvert de femmes, Anne pensait à mon remplaçant et me cocufiait allègrement en s'arrangeant pour que tout le monde le sache. Je tombai de haut ce soir-là. Juste retour des choses. En rentrant à la maison, j'entendis Mozart à la radio.

La Beauté finit en Laideur, le destin de la Jeunesse est d'être Flétrie, la Vie n'est qu'un lent Pourrissement, nous Mourons chaque Jour. Heureusement qu'il nous reste toujours Mozart. De combien de gens Mozart a-t-il sauvé la vie ?

XXVI

Chapitre très sexe

Il faut bien en venir à l'essentiel, à savoir le sexe. La plupart des bêcheuses de mon milieu sont persuadées que faire l'amour consiste à s'allonger sur le dos avec un abruti en smoking qui s'agite par-dessus, saoul comme une barrique, avant d'éjaculer en leur for intérieur et de se mettre à ronfler. Leur éducation sexuelle s'est faite dans les rallyes snobinards, les clubs privés chic, les discothèques de Saint-Tropez, en compagnie des plus mauvais coups de la terre : les fils-à-papa. Le problème sexuel des fils-à-papa, c'est qu'ils ont été habitués dès leur plus tendre enfance à tout recevoir sans rien donner. Ce n'est même pas une question d'égoïsme (les mecs sont TOUS égoïstes au lit), c'est juste que personne ne leur a jamais expliqué qu'il y avait une différence entre une fille et une Porsche. (Quand on abîme la fille, papa ne vient pas te gronder.)

Dieu merci, Anne ne faisait pas partie de cet extrême, mais elle n'était pas spécialement portée sur la chose. Notre plus grand délire sexuel eut lieu pendant notre voyage de noces, à Goa, après avoir fumé de la Datura. Giclage, bourrage, mouillage, spermage. Il nous fallait cette fumée pour nous décoincer sous la mousson épaisse. Mais bon, ce sommet ne fut qu'une exception hallucinée : d'ailleurs j'étais tellement épris pendant ce voyage que je l'ai même laissée me battre au ping-pong, c'est dire si je n'étais pas dans mon état normal. Oui, Anne, je te l'apprends ici même, par ce livre : pendant notre voyage de noces, j'ai fait exprès de perdre au ping-pong, OK??

Le sexe est une loterie : deux personnes

peuvent adorer ça séparément, et ne pas prendre leur pied ensemble. On pense que cela peut évoluer, mais ça n'évolue pas. C'est une question d'épiderme, c'est-à-dire une injustice (comme toutes les choses qui ont trait à la peau : le racisme, le délit de faciès, l'acné...).

En outre notre tendresse ne faisait qu'aggraver les choses. En amour la situation devient réellement inquiétante quand on passe du film porno au babillage. A partir du moment où l'on cesse de dire : « je vais te pourrir la bouche, espèce de petite pute » pour dire : « mon gnougnou d'amour chérie mimi trognon fais-moi un guili poutou », il y a lieu de tirer la sonnette d'alarme. On le voit très vite : même les voix muent au bout de quelques mois de vie commune. Le gros macho viril à la voix de stentor se met à parler comme un bambin sur les genoux de sa maman. La vamp fatale au ton rauque devient fillette mielleuse qui confond son mari avec un chaton. Notre amour fut vaincu par des intonations.

Et puis il y a ce monstrueux concept refroidisseur, le plus puissant somnifère jamais inventé : le Devoir Conjugal. Un ou deux jours sans baiser : pas grave, on n'en parle pas. Mais au bout de quatre ou cinq jours, l'angoisse du Devoir devient un sujet de conversation. Une autre semaine sans faire l'amour et tout le monde se demande ce qui se passe, et le plaisir devient une obligation, une corvée, il suffit que tu laisses encore une semaine s'écouler sans rien faire et la pression deviendra insoutenable, tu finiras par te branler dans la salle de bains devant des bédés pornos pour pouvoir bander, ce sera le fiasco garanti, le contraire du désir, voilà, c'est ça le Devoir Conjugal.

Notre génération est extrêmement mal éduquée sur le plan sexuel. On croit tout savoir, parce qu'on est bombardé de films X et que nos parents ont soi-disant fait la révolution sexuelle. Mais tout le monde sait que la révolution sexuelle n'a pas eu lieu. Sur le sexe comme sur le mariage, rien n'a bougé d'un millimètre depuis un siècle.

119

On approche l'an 2000 et les mœurs sont les mêmes qu'au xixe — et plutôt moins modernes qu'au xviiie. Les mecs sont machos, maladroits, timides, et les filles sont pudiques, mal à l'aise, complexées à l'idée de passer pour des nymphomanes. La preuve que notre génération est nulle sexuellement, c'est le succès des émissions qui parlent de cul à la radio et à la télé, et l'infime pourcentage de jeunes qui mettent un préservatif pour faire l'amour. Cela atteste bien qu'ils sont incapables d'en parler normalement. Alors imaginez, si les jeunes sont mauvais, a fortiori, les jeunes bourgeois... Une catastrophe.

Alice, elle, n'a pas fréquenté ces cercles pourris. Elle considère le sexe, non comme une obligation, mais comme un jeu dont il convient de découvrir les règles avant, éventuellement, de les modifier. Elle n'a aucun tabou, collectionne les fantasmes, veut tout explorer. Avec elle, j'ai rattrapé trente années de retard. Elle m'a appris à caresser. Les femmes, il faut les effleurer du bout des doigts, les frôler avec la pointe de la langue ; comment aurais-je pu le deviner si personne ne me l'avait dit ? J'ai découvert qu'on pouvait faire l'amour dans un tas d'endroits (un parking, un ascenseur, des toilettes de boîtes de nuit, des toilettes de train, des toilettes d'avion, et même ailleurs que dans les toilettes, dans l'herbe, dans l'eau, au soleil) avec toutes sortes d'accessoires (sados, masos, fruits, légumes) et dans toutes sortes de positions (sens dessus dessous, sans dessous dessus, à plusieurs, attaché, attachant, flagellant de Séville, jardinier des Supplices, distributeur de jus de couilles, pompe à essence, avaleuse de serpents, domina démoniaque, 3615 Nibs, gang-bang gratos aux Chandelles). Pour elle, je suis devenu plus qu'hétéro, homo ou bisexuel : je suis devenu omnisexuel. Pourquoi se limiter ?

Je veux bien baiser des animaux, des insectes, des fleurs, des algues, des bibelots, des meubles, des étoiles, tout ce qui voudra bien de nous. Je me suis même trouvé une

XXVII

Correspondance (I)

Première lettre à Alice :

« Chère Alice,

Tu es merveilleuse. Je ne vois pas pourquoi, sous prétexte que tu t'appelles Alice, personne ne pourrait te dire que tu es une merveille.

J'ai la tête qui tourne. On devrait interdire aux femmes comme toi de se rendre aux enterrements de mes grand-mères. Pardon pour ce petit mot. C'était ma seule chance de rester près de toi ce week-end.

Marc. »

Aucune réponse.

L'amour dure trois ans

Seconde lettre à Alice :

« Alice,

Dis donc, tu ne serais pas la femme de ma vie, toi, tout de même ?

Quelque chose est en train de nous arriver, non ?

Tu dis que tu as peur. Et moi, alors, qu'est-ce que je devrais dire ? Tu crois que je joue alors que je n'ai jamais été plus sérieux.

Je ne sais pas quoi faire. Je voudrais te voir mais je sais qu'il ne faut pas. Hier soir j'ai accompli mon devoir conjugal en pensant à toi. C'est ignoble. Tu as dérangé ma vie, je ne veux pas déranger la tienne. Ceci sera ma dernière lettre mais je ne t'oublierai pas tout de suite.

Marc. »

Post-scriptum : « Quand on ment, qu'on dit à une femme qu'on l'aime, on peut croire qu'on ment, mais quelque chose nous a poussé à le lui dire, par conséquent c'est vrai. » (Raymond Radiguet)

Aucune réponse. Ce ne fut pas ma dernière lettre.

XXVIII

Le fond du gouffre

Salut, c'est encore moi, le mort-vivant des beaux quartiers.

J'aurais aimé n'être que mélancolique, c'est élégant; au lieu de quoi je balance entre liquéfaction et déliquescence. Je suis un zombi qui hurle à la mort d'être toujours en vie. Le seul remède contre ma migraine serait un Aspégic 1000 mais je ne peux pas en prendre car j'ai trop mal à l'estomac. Si seulement je touchais le fond! Mais non. Je descends, toujours plus bas, et il n'y a pas de fond pour rebondir.

Je traverse la ville de part en part. Je viens regarder l'immeuble où tu vis avec

Antoine. Je croyais t'avoir draguée par jeu, et voici que je me retrouve errant devant ta porte, le souffle coupé. L'amour est source de problèmes respiratoires.

Les lumières de votre appartement sont allumées. Peut-être dînes-tu, ou regardes-tu la télé, ou écoutes-tu de la musique en pensant à moi, ou sans penser à moi, ou alors peut-être que tu... que vous... Non, pitié, dis-moi que tu ne fais pas ça. Je saigne debout dans ta rue, devant chez toi, mais il n'y a pas de sang qui sort, c'est une hémorragie interne, une noyade en plein air. Les passants me dévisagent : mais qui est ce type qui vient tous les jours contempler la façade de cet immeuble ? Y aurait-il un magnifique détail architectural qui nous aurait échappé ? Ou bien ce jeune mal rasé, aux cheveux ébouriffés, serait-il un nouveau SDF ? « Chérie, regarde : il y a des SDF en veste Agnès b, dans notre quartier. » « Tais-toi imbécile, tu vois bien que c'est un dealer de jeunes ! »

Le mai le si laid mois de mai. Avec ses ponts qui n'en finissent pas : Fête du Travail, Anniversaire du 8 mai 1945, Ascension, Pentecôte. Les longs week-ends sans Alice s'additionnent. Terrible privation organisée par l'État et la religion catholique, comme pour me punir de leur avoir désobéi à tous les deux. Stage intensif de souffrance.

Rien ne m'intéresse plus à part Alice. Elle prend toute la place. Aller au cinéma, manger, écrire, lire, dormir, danser le jerk, travailler, toutes ces occupations qui constituaient ma vie d'abruti à quatre patates par mois sont désormais sans saveur. Alice a décoloré l'univers. Tout d'un coup j'ai 16 ans. J'ai même acheté son parfum pour le respirer en pensant à elle, mais ce n'était plus son odeur adorable de peau amoureuse brune endormie longues jambes ravissante minceur aux cheveux de sirène alanguie. On n'enferme pas tout cela dans un flacon.

Au xxᵉ siècle, l'amour est un téléphone qui ne sonne pas. Après-midi entiers à guetter chaque bruit de pas dans l'escalier, comme autant de fausses joies absurdes

puisque tu as annulé le rendez-vous vers
midi, précipitamment, sur notre messagerie
secrète. Encore une histoire d'adultère qui
a mal tourné? Eh oui, ce n'est pas très ori-
ginal, désolé; je n'y peux rien si c'est tout
de même la chose la plus grave qui me soit
jamais arrivée. Ceci est le livre d'un enfant
gâté, dédié à tous les étourdis trop purs
pour vivre heureux. Le livre de ceux qui ont
le mauvais rôle et que personne ne plaint.
Le livre de ceux qui ne devraient pas souffrir d'une séparation qu'ils ont eux-mêmes
provoquée et qui souffrent tout de même,
d'une douleur d'autant plus irréparable
qu'ils s'en savent les uniques responsables.
Car l'amour ce n'est pas seulement : souffrir ou faire souffrir. Cela peut aussi être les
deux.

XXIX

Régime dépressif

Etre seul est devenu une maladie honteuse. Pourquoi tout le monde fuit-il la solitude ? Parce qu'elle oblige à penser. De nos jours, Descartes n'écrirait plus : « Je pense donc je suis. » Il dirait : « Je suis seul donc je pense. » Personne ne veut la solitude, car elle laisse trop de temps pour réfléchir. Or plus on pense, plus on est intelligent, donc plus on est triste.

Je pense que rien n'existe. Je ne crois plus en rien. Je ne me sers à rien. Ma vie ne m'est d'aucune utilité. Qu'y a-t-il ce soir sur le câble ?

Seule bonne nouvelle : le malheur fait

maigrir. Personne ne mentionne ce régime-là, qui est pourtant le plus efficace de tous. La Dépression Amincissante. Vous pesez quelques kilos de trop? Divorcez, tombez amoureux de quelqu'un qui ne vous aime pas, vivez seul et ressassez votre tristesse à longueur de journée. Votre surcharge pondérale aura tôt fait de disparaître comme neige au soleil. Vous retrouverez un corps svelte, dont vous pourrez profiter — si vous en réchappez.

Quel dommage que je sois amoureux, je ne peux même pas profiter de mon célibat nouveau. Quand j'étais étudiant, j'adorais être seul. Je trouvais que toutes les femmes étaient belles. « Il n'y a pas de femmes moches, il n'y a que des verres de vodka trop petits », avais-je coutume de répéter. Ce n'étaient pas seulement des propos d'alcoolique en herbe, je le pensais vraiment. « Toutes les femmes ont quelque chose, il suffit d'un silence amusé, d'un soupir distrait, d'une cheville qui frétille, d'une mèche de cheveux rebelle. Même le pire boudin recèle un trésor caché. Même Mimie Mathy, si ça se trouve, elle fait des trucs spéciaux ! » Alors j'éclatais de mon rire sonore, celui que j'utilise pour ponctuer mes propres blagues, celui d'avant que je ne découvre la vraie solitude.

Désormais, quand j'ai bu des alcools délayés, je marmonne seul, comme un clochard. Je vais me branler dans une cabine de projections vidéo, 88 rue Saint-Denis. Je zappe entre 124 films pornos. Un mec suce un Noir de 30 cm. Zap. Une fille attachée reçoit de la cire sur la langue et des décharges électriques sur sa chatte rasée. Zap. Une fausse blonde siliconée avale une bonne gorgée de sperme. Zap. Un mec cagoulé perce les tétons d'une Hollandaise qui hurle « Yes, Master ». Zap. Une jeune amatrice inexpérimentée se fait enfoncer un godemiché dans l'anus et un dans le vagin. Zap. Triple éjac faciale sur deux lesbiennes avec pinces à linge sur les seins et le clitoris. Zap. Une obèse enceinte. Zap. Double fist-fucking. Zap. Pipi dans la bouche d'une

Thaïlandaise encordée. Zap. Merde, je n'ai plus de pièces de 10 francs et je n'ai pas joui, trop ivre pour y arriver. Je parle tout haut dans le sex-shop en faisant des moulinets avec les bras. J'achète une bouteille de poppers. Je voudrais être copain avec ces ivrognes de la rue Saint-Denis qui crient en titubant que les plus belles femmes du monde étaient à leurs pieds, dans le temps. Mais ceux-ci ne m'acceptent pas dans leur confrérie : ils ont plutôt envie de me casser la gueule, histoire de m'apprendre ce que c'est que de souffrir pour de vraies raisons. Alors je rentre chez moi en rampant, le visage inondé de poppers renversé, puant des pieds de la gueule, cela fait des années que je n'ai pas été aussi saoul, avec une atroce envie de dégueuler et de chier en même temps, impossible de faire les deux à la fois, il va falloir choisir. Je choisis d'évacuer d'abord ma diarrhée, assis sur les WC, un coulis infect éclabousse la faïence en schlinguant, mais soudain l'envie de gerber est trop forte, je me retourne pour vomir

XXX

Correspondance (II)

La troisième lettre fut la bonne. Merci la Poste : le téléphone, le fax ou Internet ne surpasseront jamais en beauté romanesque le bon vieux danger de la liaison épistolaire.

« Chère Alice,

Je t'attendrai tous les soirs à sept heures, sur un banc, place Dauphine. Viens ou ne viens pas, mais j'y serai, tous les soirs, dès ce soir.

Marc. »

Je t'ai attendue lundi, sous la pluie. Je t'ai attendue mardi, sous la pluie. Mercredi il n'a pas plu, tu es venue. (On dirait une chanson d'Yves Duteil.)

— Tu es venue ?

— Oui, on dirait.

— Pourquoi tu n'es pas venue lundi et mardi ?

— Il pleuvait...

— Je ne sais pas ce qui me retient de... t'offrir un parapluie.

Tu as souri. Fantômette cachée derrière une chevelure annonciatrice de plaisirs abscons. Manga au visage clair avec des lèvres qui me souriaient sans peser le pour et le contre. Je t'ai pris la main comme un objet précieux. Puis il y a eu un silence gêné de circonstance, que j'ai voulu briser :

— Alice, je crois que c'est grave...

Mais tu m'en as empêché :

— Chut...

Puis tu t'es penchée pour m'embrasser

les lèvres. Pas possible, je ne rêvais pas ? Quelque chose d'aussi délicat pouvait encore m'arriver ?

J'ai voulu parler à nouveau :

— Alice, il est encore temps de reculer, vite, parce qu'après, il sera trop tard et moi, je vais t'aimer très fort, et tu ne me connais pas, je deviens très pénible dans ces cas-là…

Mais cette fois c'est ta langue qui m'a interrompu et tous les violons de tous les plus beaux films d'amour crachent un misérable grincement à côté de la symphonie qui résonna dans ma tête.

Et si vous me trouvez ridicule, je vous emmerde.

XXXI

L'amant divorcé

Aujourd'hui j'évite la place Dauphine, sauf quand je suis suffisamment cassé pour l'affronter, comme ce soir par exemple, où je suis assis sur notre banc, par pur masochisme. Le Pont-Neuf est éclairé par les bateaux-mouches. Nous avons presque été amants du Pont-Neuf, à quelques mètres près. J'ai froid et je t'attends. Six mois se sont écoulés depuis notre premier baiser ici, mais j'ai toujours rendez-vous avec toi. Jamais je n'aurais pensé pouvoir finir dans un tel état. Il doit y avoir un châtiment là-dessous, je dois expier quelque chose, c'est ça, sinon je ne vois pas pourquoi on m'infligerait pareilles épreuves. Je sanglote au réveil, je pleurniche quand je me couche, et, entre les deux, je m'apitoie. Je voulais être Laclos et je me retrouve en plein Musset. L'amour est incompréhensible. Quand on le voit chez les autres on est incapable de le comprendre, et encore moins quand il vous arrive. A vingt ans j'étais encore capable de contrôler mes émotions mais aujourd'hui je ne décide plus de rien. Ce qui me peine le plus, c'est de voir à quel point mon amour pour Alice a remplacé celui que j'éprouvais pour Anne, comme si les deux histoires étaient des vases communicants. Je suis horrifié d'avoir si peu hésité. Il n'y aura pas eu de vaudeville, pas de dilemme entre la « légitime » et l'amante, simplement un être qui prend la place d'un autre, en douceur, sans faire de scandale, comme si on entrait dans mon cerveau sur la pointe des pieds. Ne peut-on pas aimer quelqu'un au détriment de personne ? C'est certainement ce crime que je paye maintenant... Oui, c'est étrange, je suis place Dauphine et pourtant c'est à toi, Anne, mon ex-femme, que je pense...

Peut-être, Anne, peut-être un jour, plus tard, beaucoup plus tard, nous croiserons-nous dans un lieu éclairé ; avec du monde autour, avec des arbres, un rayon de soleil, je ne sais pas moi, des oiseaux qui chanteront comme le jour de notre mariage, et au milieu du brouhaha nous nous reconnaîtrons et songerons avec nostalgie au temps passé, celui de nos vingt ans, celui de nos premiers espoirs, celui des grandes déceptions, le temps où nous avons rêvé, où nous avons embrassé le Ciel, avant qu'il ne nous tombe sur la tête, parce que ce temps-là, Anne, ce temps-là nous appartient et que personne ne pourra jamais nous le voler.

XXXII

Je sais pas

Il y eut beaucoup de rendez-vous clandes-
tins place Dauphine. Beaucoup de dîners
planqués chez Paul ou au Delfino. D'innom-
brables heures volées aux après-midi à
l'hôtel Henri-IV. A force, le réceptionniste
nous connaissait si bien qu'il nous épargnait
son sourire complice et la question fatidique : « Pas de bagages, Messieurs-
Dames ? » car notre chambre était réservée
au mois. La chambre 32. Elle sentait
l'amour quand nous la quittions.

Entre les orgasmes, je ne pouvais
m'empêcher de t'interroger.

— Bon sang, Alice, je t'aime de la plante

des pieds jusqu'à la pointe des cheveux. Où est-ce qu'on va comme ça ?

— Je sais pas.

— Tu crois que tu vas le quitter, Antoine ?

— Je sais pas.

— Tu veux qu'on vive ensemble ?

— Je sais pas.

— Tu préfères qu'on reste amants ?

— Je sais pas.

— Mais qu'est-ce qu'on va devenir, bordel ?

— Je sais pas.

— Pourquoi tu dis tout le temps « Je sais pas » ?

— Je sais pas.

J'étais trop rationnel. « Je sais pas » était une phrase que j'allais entendre souvent, je sentais que j'avais plutôt intérêt à m'y habituer.

Pourtant il m'arrivait de perdre tout sang-froid :

— Quitte-le! QUITTE-LE!

— Arrête! ARRÊTE DE ME LE DEMANDER!

— Divorce comme moi, MERDE!

— Jamais de la vie. Tu me fais trop peur, je te l'ai toujours dit. Notre amour est beau car il est impossible, tu le sais très bien. Le jour où je serai disponible, tu ne seras plus amoureux de moi.

— FAUX! FAUX! ARCHI-FAUX!

Mais au fond de moi-même, je craignais qu'elle ne dise vrai. Les sourds et les malentendants dialoguaient mieux que nous.

XXXIII

L'impossible dé-cristallisation

Il faudrait tout de même que je vous raconte comment je suis mort. Vous vous souvenez de *La Fureur de vivre* avec James Dean? Dans ce film, une bande de jeunes crétins s'amuse à foncer tout droit en voiture vers un précipice. Ils appellent cela le « chicken run » (la « course des dégonflés »). Leur jeu consiste à freiner le plus tard possible. Celui qui freine en dernier est le plus viril du groupe. Disons que la grosseur de son kiki est proportionnelle au laps de temps qu'il va laisser s'écouler avant de freiner. Évidemment, ça ne loupe pas, l'un des idiots termine sa course en bas de la falaise, dans une Chevrolet transformée en compression de César. Eh bien, Alice et moi, plus nous avancions dans notre aventure, plus nous nous apercevions que nous étions comme ces rebelles sans cause. Nous accélérions vers un précipice, pied au plancher. Je ne savais pas encore que c'était moi le crétin qui freinerait trop tard.

Quand on mène une double vie, la règle de base, c'est de ne pas tomber amoureux. On se voit en secret, pour le plaisir, pour l'évasion, pour le frisson. On se croit héroïque à peu de frais. Mais jamais de sentiments là-dedans ! Il ne faut pas tout mélanger. On finirait par confondre le plaisir avec l'amour. On risquerait d'avoir du mal à s'y retrouver.

Si Alice et moi sommes tombés dans ce piège, c'est pour une simple raison : faire l'amour est tellement plus agréable quand on est amoureux. Cela donne aux femmes l'impression que les préliminaires durent plus longtemps, et aux hommes l'impression qu'ils passent plus vite. C'est cela qui nous a perdus. Nous avions des goûts de luxe. Nous avons joué la comédie du romantisme, uniquement pour jouir plus fort. Et nous avons fini par y croire. Rien de plus efficace que la méthode Coué en amour : quel dommage qu'elle ne fonctionne que dans un seul sens. Une fois qu'on a cristallisé, il est trop tard pour revenir en arrière. On pensait jouer, et c'était vrai, mais on jouait avec le feu. On est déjà dans le vide du précipice, comme ces personnages de dessins animés qui regardent le spectateur, puis le vide sous leurs pieds, puis de nouveau le spectateur, avant de chuter définitivement. « That's all folks ! »

Je me souviens que, quand Anne et moi étions séparés, quelles que soient les fêtes où je mettais les pieds, je ne rencontrais plus que des gens qui me demandaient d'un air faux où était Anne, que devenait Anne, pourquoi elle était pas là Anne, et comment elle allait Anne en ce moment ? Je leur répondais, au choix :

— Elle bosse tard en ce moment.

— Ah bon ? Elle n'est pas là ? Justement je la cherchais, j'ai rendez-vous avec ma femme.

— Entre nous, elle a bien fait de ne pas venir dans cette soirée de merde : j'aurais dû l'écouter, elle a un sixième sens pour détecter les mauvais plans, ah, pardon, c'est toi qui reçois...

— Anne ? On est en procédure de divorce ! Ha ha ! Je plaisante.

— Elle bosse vraiment trop en ce moment.

— Tout va bien : j'ai la permission de minuit.

— Partie en séminaire de travail avec l'équipe de football du Congo.

— Anne ? Anne comment ? Marronnier ? Quelle coïncidence, elle porte le même nom que moi !

— Anne est à l'hôpital... Un accident atroce... Entre deux hurlements de douleur insoutenables, elle m'a supplié de rester avec elle, mais je ne voulais pas louper cette sympathique soirée. Exquis, ces œufs de saumon, vous ne trouvez pas?

— D'un autre côté, avec ce qu'elle bosse, je vais bientôt être bourré de fric.

— Le mariage est une institution qui n'est pas au point.

— Où est Alice? Vous connaissez Alice? Vous n'auriez pas vu Alice? Vous croyez qu'Alice va venir?

En revanche, chaque fois que j'entendais le mot « Alice » prononcé quelque part, c'était comme un coup de poignard.

— Chers amis, auriez-vous l'obligeance de ne plus prononcer ce prénom en ma présence, s'il vous plaît?

Merci d'avance,

Moi.

Le paradis, c'est les autres, mais il ne faut pas en abuser. J'entendais de plus en plus de médisances sur Anne et moi. Bien

sûr, je faisais une croix sur celles qui cou-
raient sur mon propre compte : elles avaient
toujours couru déjà bien avant que d'être
vraies. Je n'avais jamais été dupe de la
jalousie mondaine et de la superficialité des
noctambules, mais là, s'attaquer à Anne,
j'en fus presque dégoûté. Moi, si je sortais
le soir, c'était pour ralentir ma vie. Parce
que je ne supportais pas que l'existence
puisse s'arrêter à huit heures du soir. Je
voulais voler des heures d'existence aux
couche-tôt. Mais cette fois, c'en était trop.
Je ne sortirais plus. Je réalisais que je haïssais tous ces gens qui se nourrissaient de
mon malheur. Moi aussi, j'avais été comme
eux, un charognard. Mais ça suffisait : ils ne
me faisaient plus rire. Cette fois, je voulais
saisir ma chance, autant que possible. Ils
devraient se passer de moi. Je démissionnai
des magazines où j'écrivais des chroniques
mondaines.

Adieu, mes faux amis du Tout-Paris, vous
ne me manquerez pas. Poursuivez sans moi

votre lente putréfaction, je ne vous en veux pas, au contraire, je vous plains. Le voilà, le grand drame de notre société : même les riches ne font plus envie. Ils sont gros, moches et vulgaires, leurs femmes sont liftées, ils vont en prison, leurs enfants se droguent, ils ont des goûts de ploucs, ils posent pour *Gala*. Les riches d'aujourd'hui ont oublié que l'argent est un moyen, non une fin. Ils ne savent plus quoi en faire. Au moins, quand on est pauvre, on peut se dire qu'avec du fric tout s'arrangerait. Mais quand on est riche, on ne peut pas se dire qu'avec une nouvelle baraque dans le Midi, une autre voiture de sport, une paire de pompes à douze mille balles ou un mannequin supplémentaire, tout s'arrangerait. Quand on est riche, on n'a plus d'excuses. C'est pour ça que tous les milliardaires sont sous Prozac : parce qu'ils ne font plus rêver personne, pas même eux.

Écrire sur la nuit était un cercle vicieux dont j'étais prisonnier. Je me bourrais la gueule pour raconter la dernière fois où je m'étais bourré la gueule. C'est fini, affrontons désormais le jour. Voyons voir, quels articles de journaux pourrait bien écrire un parasite au chômage? Imaginez le comte Dracula en plein jour : quel métier ferait-il? En quoi se recyclent les sangsues?

Et c'est ainsi que je suis devenu critique littéraire.

XXXIV

La théorie de l'éternel retour

Quand je les informe de ma rupture, mes parents (divorcés en 1972) tentent de me raisonner. « Tu es sûr ? » « Ce n'est pas rattrapable ? » « Réfléchis bien... » La psychanalyse a eu une influence considérable dans les années soixante ; cela explique sans doute pourquoi mes parents sont persuadés que tout est de leur faute. Ils sont beaucoup plus inquiets que moi : du coup je ne leur mentionne même pas Alice. Une catastrophe à la fois, c'est suffisant. Je leur explique calmement que l'amour dure trois ans. Ils protestent, chacun à leur façon, mais ne sont guère convaincants. Le leur n'a pas duré tellement plus longtemps. Je suis

époustouflé de les sentir revivre leur histoire à travers la mienne. Je n'en reviens
pas que mes parents aient autant espéré,
pensé, et finalement cru que je serais dif-
férent d'eux.

Nous sommes sur Terre pour revivre les
mêmes événements que nos parents, dans le
même ordre, comme eux ont commis les
mêmes erreurs que leurs parents à eux, et
ainsi de suite. Mais ce n'est pas grave. Ce
qui est bien pire, c'est quand, soi-même, on
refait les mêmes conneries continuellement.
Or c'est mon cas.

Je retombe dans la même ornière, tous les
trois ans. Sans cesse je revis un perpétuel
déjà vu. Ma vie radote. Je dois être pro-
grammé en boucle, comme un compact-disc
quand on enfonce la touche « Repeat ».
(J'aime bien me comparer à des machines,
car les machines sont faciles à réparer.) Ce
n'est pas du comique de répétition, mais un
cauchemar bien réel : imaginez une mon-
tagne russe atroce avec des loopings écœu-

rants et des chutes vertigineuses. Vous vous laissez embarquer une fois et cela vous suffit. Vous descendez du manège en vous écriant : « Ouh lala ! J'ai failli vomir ma barbapapa trois fois, on ne m'y reprendra plus ! » Eh bien moi, on m'y reprend. Je suis abonné au Toboggan Infernal. Le Space Mountain, c'est ma maison.

Je viens enfin de comprendre la phrase de Camus : « Il faut imaginer Sisyphe heureux. » Il voulait dire qu'on répète toute sa vie les mêmes bêtises mais que c'est peut-être cela, le bonheur. Il va falloir que je m'accroche à cette idée. Aimer mon malheur car il est fertile en rebondissements.

Un rêve. Je pousse mon rocher boulevard Saint-Germain. Je le gare en double file. Un agent de police me demande de circuler sinon il verbalisera mon rocher. Je suis obligé de le déplacer et tout d'un coup il m'échappe, il se met à descendre la rue Saint-Benoît en roulant de plus en plus vite. J'en ai perdu tout contrôle : il faut dire qu'il pèse tout de même six tonnes, ce bloc de granit. Arrivé au coin de la rue Jacob, il emplafonne une petite voiture de sport. Ouille! Le capot, la portière et le minet qui conduisait sont écrabouillés. Je dois remplir le constat avec sa veuve sexy en larmes. Je lui mords l'épaule. A la ligne « immatriculation », j'inscris : « S.I.S.Y.P.H.E. » (modèle d'occasion). Et je remonte la rue Bonaparte en poussant mon rocher, suant sang et eau, centimètre par centimètre, pour enfin le laisser au parking Saint-Germain-des-Prés. Demain, le même cirque recommence. Et il faut m'imaginer heureux.

XXXV

Tendre est la nuit

Depuis que j'ai décidé d'en finir avec la nuit, je sors tous les soirs ; il faut bien faire ses adieux. Cela commence à se savoir que je suis seul. Un célibataire omnisexuel de mon âge, à Paris, en 1995, est aussi difficile à trouver qu'un SDF au Palace Hôtel de Gstaad. Les gens n'ont pas conscience que je suis mort de chagrin, car j'ai toujours été assez maigre, même quand j'allais bien. Je me promène un peu partout, le désespoir en bandoulière. Ce soir, une fois de plus, Alice m'a annoncé qu'elle n'en pouvait plus de mentir à son mari et qu'elle me quittait. Elle me laisse en général tomber le vendredi soir pour ne pas culpabiliser le week-end, puis elle me rappelle le lundi après-midi. J'ai donc téléphoné à Jean-Georges pour lui demander s'il voulait que j'apporte du vin pour son dîner, ou quelque chose pour le dessert.

J'ai décidé de tromper Alice avec sa meilleure amie. Julie ne s'est pas fait prier pour m'accompagner à ce dîner : je lui ai dit que j'allais très très mal et j'ai remarqué qu'aucune femme ne résiste quand le mec de sa meilleure amie lui dit qu'il va très très mal. Cela doit ranimer en elles le sens du devoir, l'infirmière dévouée, la Petite Sœur des Pauvres qui sommeille.

Julie est très sexy, c'est son principal problème. Elle se plaint sans cesse de ce que les garçons ne tombent pas amoureux d'elle. Il est exact qu'ils ont une fâcheuse tendance à vouloir d'abord la basculer n'importe où pour effectuer sur elle une palpation mammaire, voire globale. Ils ne la respectent pas beaucoup mais c'est aussi sa faute — aucune loi ne la contraint à porter toujours des tee-shirts taille huit ans s'arrêtant au-dessus de son nombril percé d'un anneau doré.

— Tu sais, si tu ne cédais pas tout de suite, ils tomberaient amoureux. Les mecs, c'est comme les poivrons. Il faut les faire mariner.

— Tu veux dire que tu me conseilles de faire aux mecs ce qu'Alice te fait?

Pas si sosotte, la Julie.

— Euh... A la réflexion, non. Sois gentille avec les garçons, il vaut mieux avoir pitié d'eux, ce sont des créatures fragiles.

Jean-Georges a bien fait les choses. Des âmes sereines conversent chez lui en harmonie. L'agressivité est bannie de son domicile, qui regorge pourtant d'artistes célèbres. Des acteurs, des cinéastes, des couturiers, des peintres, et même des artistes qui ne savent pas encore qu'ils en sont. J'ai remarqué que plus les gens sont doués, et plus ils sont gentils. Ce principe est absolu. Avec Julie, nous nous sommes assis sur un sofa pour manger des canapés.

— Tu le connais depuis longtemps, ce Jean-Georges ? me demande-t-elle.

— Depuis toujours. Il ne faut pas se fier aux apparences : ce soir il ne va presque pas venir me parler, et pourtant c'est mon meilleur copain, enfin, une des seules personnes de mon sexe dont je supporte la compagnie. Nous sommes comme deux pédés qui ne coucheraient pas ensemble.

— Alors, susurre-t-elle en se redressant, ce qui exhibe sous mon nez ses deux globes de chair, tu me dis ce qui ne va pas ?

— Alice m'a quitté, ma femme aussi, et ma grand-mère est morte. Je ne savais pas qu'on pouvait se retrouver aussi seul.

Tout en me lamentant, je progresse vers elle sur le divan. Séduire dans une fête consiste essentiellement à réduire les distances. Il faut parvenir à gagner du terrain, centimètre par centimètre, sans que cela se remarque trop. Si vous voyez une fille qui vous plaît, il faut s'en approcher (à 2 mètres). Si elle vous plaît toujours à cette distance, vous vous mettez à lui parler (à 1 mètre). Si elle sourit à vos balivernes, vous l'invitez à danser ou à boire un verre (à 50 centimètres). Vous vous asseyez ensuite à ses côtés (à 30 centimètres). Dès que ses yeux brilleront il faudra soigneusement ranger une mèche de ses cheveux derrière son oreille (à 15 centimètres). Si elle se laisse recoiffer, parlez-lui d'un peu plus près (à 8 centimètres). Si elle respire plus fort, collez vos lèvres sur les siennes (à 0 centimètre). Le but de toute cette stratégie est évidemment d'obtenir une distance négative due à la pénétration d'un corps étranger à l'intérieur de cette personne (à environ 12 centimètres en moyenne nationale).

— Je suis malheureux comme la pierre, reprends-je donc en réduisant l'écart qui me sépare de l'irréparable. Non, plus malheureux qu'une pierre, car personne ne quitte une pierre, et que les pierres ne meurent pas.

— Mouais, c'est dur... Tu flippes, quoi.

Je commence à me demander ce qu'Alice lui trouve, à cette ravissante idiote. On a dû mal me renseigner. Ce ne peut pas être sa meilleure amie. Je continue néanmoins mon numéro.

— Enfin... Il n'y a pas d'écrivain heureux... Je n'ai que ce que je mérite.

— Ah bon? Pourquoi? Tu écris des livres? Je croyais que tu organisais des fêtes?

— Euh... Oui, c'est vrai, mais j'ai publié, ma foi, bon an mal an, quelques textes de-ci, de-là, cahin-caha, dis-je en regardant mes ongles. *Voyage au Bout du N'importe Quoi*, tu en as peut-être entendu parler?

— Euh...

— Eh bien, c'est de moi. Je suis aussi l'auteur de *L'Insoutenable Inutilité de*

l'Etre et je prépare en ce moment *Les Souf-
frances du jeune Marronnier* ...

— Elle est quand ta prochaine fête ? Tu
m'enverras une invitation, hein ?

Certaines filles ont un tel regard de vache
que vous avez soudain l'impression d'être
un train de campagne. Mais il faut que je
me force, si je sors avec elle Alice en crè-
vera, il faut tenir, coûte que coûte.

— Julie, tu sais, le principal intérêt du
divorce, c'est qu'il permet de se laver les
mains sans accrocher du savon au doigt...

— Ah oui ? Pourquoi ?

— Ben, à cause de l'alliance.

— Ah... d'accord... T'es un marrant,
toi.

— Tu as un fiancé en ce moment ?

— Non. Enfin, oui, plusieurs. Mais
aucun de sérieux.

— Oui, comme moi.

— Mais non, toi tu es amoureux d'Alice.

— Oui, oui, mais c'est plus compliqué

162

que ça. Je pense que mon problème, c'est que je tombe amoureux, mais je n'arrive pas à le rester.

A cet instant précis, je me situe à une distance millimétrique de sa bouche « ourlée ». Je me demande s'il n'y a pas un peu de collagène dans sa lèvre supérieure. Je suis sur le point de conclure lorsqu'elle tourne le visage et me tend la joue. Veste.

Suffit. Assez de salades. Je me lève et l'abandonne sur son sofa. Pauvre créature, je comprends pourquoi les mecs la traitent comme un rasoir Bic. De toute façon, même si je sautais cette nana devant toi, Alice, tu t'en ficherais complètement (au contraire : ça t'exciterait). Je n'aime que toi, il va bien falloir que tu l'admettes, même si tu ne veux rien changer à ta vie. Il y a dans ta ville un mec qui t'aime et qui souffre, que tu le veuilles ou non. Te répéter cela sera ma meilleure façon de te faire céder. Je serai ton amant patient, torture calme, tentation immobile. Appelle-moi Tantale.

L'amour dure trois ans

Quelques heures plus tard, tandis que je feuilletais une vieille édition de poche de *Tendre est la nuit* sur le carrelage de la cuisine, Julie flirtait avec un père et son fils, déclenchant une belle baston familiale. Je me pris encore une sacrée cuite ce week-end-là. Nous ne sommes pas sortis de chez Jean-Georges pendant trois jours. Uniquement nourris de Chipsters et de Four Roses. Nous n'avons écouté qu'un seul disque : *Rubber Soul* des Beatles. A un moment, il me semble bien que Julien a composé une chanson au piano. Moi, je ne me relevais toutes les trois heures que pour me remettre à boire, car, on a beau dire, le meilleur moyen de ne pas regretter quelque chose, c'est de l'oublier.

XXXVI

Free-lance

Je m'installe dans l'attente. Cela a le mérite de me calmer. Je remplis mon Désert des Tartares avec ce que je trouve. Ainsi, on vient par exemple de me briefer sur une recherche de « signature » pour un lancement de parfum féminin : Hypnose de David Copperfield, Las Vegas. C'est payé cinquante mille nouveaux francs (la moitié si l'idée n'est pas vendue). Il faut trouver une phrase courte, provocante, forte, qui dise à la fois le bénéfice consommateur et induise de manière positive la « reason why ». En clair, exprimer que ce parfum va permettre aux femmes (la cible) de séduire les hommes (la cible de la cible) mais pas pour une nuit seulement : pour une passion éternelle et durable, et ce grâce au savoir-faire de son fabricant. Je reviens après une semaine de réflexion et propose cette liste :

Au lieu de vous marier, portez Hypnose de Copperfield.

Hypnose de Copperfield. Ce n'est pas un parfum, c'est un tour de magie.

Hypnose de Copperfield. Parfum pour ce soir, et demain soir, et tous les autres soirs.

Hypnose de Copperfield. Il cache une histoire d'amour dans un double fond.

Portez Hypnose et laissez agir toute une vie.

Hypnose de Copperfield. Ce parfum est truqué.

Hypnose : le flacon qui rend amnésique.

Hypnose de Copperfield. Après, vous ferez semblant de ne plus vous souvenir.

La réunion se passe très mal. Personne

n'est satisfait, pas même moi. Je les écoute, quitte Paris l'après-midi même pour Verbier (Suisse), une station de sports d'hiver du Valais. De là-bas, au bout de trois semaines de travail, je faxe le slogan que vous connaissez et qui a fait en une année de ce produit le leader mondial des fragrances vendues en « food » :

HYPNOSE DE COPPERFIELD. SINON, L'AMOUR DURE TROIS ANS.

XXXVII

Un cynique à l'eau de rose

Je suis assis là, comme tous les soirs, au fond du même café, à chercher une solution. J'ai beau me répéter que je suis mort, je continue tout de même de vivre. J'ai failli mourir souvent : écrasé par une voiture (mais je l'ai évitée de justesse), tombé d'un immeuble (mais je me suis rattrapé aux branches), contaminé par un virus (mais j'ai mis une capote). Quel dommage. Mourir m'aurait pas mal arrangé. Avant ma descente aux enfers, la mort me faisait peur. Aujourd'hui elle me délivrerait. Je ne parviens même pas à comprendre pourquoi les gens sont si tristes de mourir. La mort nous réserve plus de surprises que la vie. Désormais j'attends le jour de ma mort avec impatience. Je serais ravi de quitter ce monde et de savoir enfin ce qu'il y a derrière. Ceux qui ont peur de la mort ne sont pas des gens curieux.

Mon problème, c'est que tu es la solution. Ce sont les gens les plus cyniques et les plus pessimistes qui tombent le plus violemment amoureux, car c'est bon pour ce qu'ils ont. Mon cynisme avait hâte d'être démenti. Ceux qui critiquent l'amour sont bien sûr ceux qui en ont le plus besoin : au fond de tout Valmont il y a un indécrottable romantique qui ne demande qu'à sortir sa mandoline.

Et voilà, ça y est, ça recommence, le piège se referme, la machination se met en branle. J'ai de nouveau des envies de grande maison avec jardin ensoleillé, ou bien le chant de la pluie sur le toit en fin de journée, envie de cueillir un bouquet de violettes, solitude avec elle, loin de la ville pour faire l'amour encore et encore, jusqu'à en crever

XXXVIII

Correspondance (III)

Quatrième lettre à Alice :

« Chère autruche,

Je pense à toi tout le temps. Je pense à toi le matin, en marchant dans le froid. Je fais exprès de marcher lentement pour pouvoir penser à toi plus longtemps. Je pense à toi le soir, quand tu me manques au milieu des fêtes, où je me saoule pour penser à autre chose qu'à toi, avec l'effet contraire. Je pense à toi quand je te vois et aussi quand je ne te vois pas. J'aimerais tant faire autre chose que penser à toi mais je n'y arrive pas. Si tu connais un truc pour t'oublier, fais-le moi savoir.

L'amour dure trois ans

Je viens de passer le pire week-end de ma vie. Jamais personne ne m'a manqué comme ça. Sans toi ma vie est une salle d'attente. Qu'y a-t-il de plus affreux qu'une salle d'attente d'hôpital, avec son éclairage au néon et le linoléum par terre? Est-ce humain de me faire ça? En plus, dans ma salle d'attente, je suis seul, il n'y a pas d'autres blessés graves avec du sang qui coule pour me rassurer, ni de magazines sur une table basse pour me distraire, ni de distributeur de tickets numérotés pour espérer que mon attente prendra fin. J'ai très mal au ventre, et personne ne me soigne. Être amoureux, c'est cela : un mal de ventre dont le seul remède, c'est toi.

Alice. J'ignorais que ce prénom prendrait une telle place dans ma vie. J'avais entendu parler du malheur et je ne savais pas qu'il se prénommait Alice. Alice, je t'aime. Deux mots inséparables. Tu ne t'appelles pas Alice, mais "Alice-je-t'aime".

Ton Marc très cafardeux. »

Les vases communicants

Comme prévu, Alice me rappela le lundi suivant. Elle m'avoua qu'elle était folle de moi, et me promit qu'on ne se quitterait plus jamais. Je la dévêtis doucement dans un appartement prêté par une amie. C'est peu dire que nos retrouvailles furent agréables. Cet après-midi de plaisir pourrait servir de mètre-étalon à Sèvres au rayon « jouissance sexuelle de très haut niveau entre deux êtres humains de sexes complémentaires ». Ensuite, contrairement à sa promesse, elle me quitta vers neuf heures du soir, épuisée, et je me retrouvai de nouveau seul pour aller à la rencontre des heures.

XXXIX

La descente continue

Autant vous prévenir tout de suite : il n'est pas sûr que cette histoire aura une « happy end ». Ces dernières semaines comptent parmi les plus tristes et magnifiques souvenirs de ma vie, et rien ne m'autorise à penser que cette situation ne va pas se prolonger. J'ai beau tenter de forcer le destin, celui-ci n'est pas en pâte à modeler.

La fin du monde a eu lieu la semaine dernière. Alice m'a téléphoné pour me dire qu'elle partait en vacances avec Antoine pour essayer de recoller les morceaux. Cette fois, c'est bien fini. Nous avons raccroché sans même nous dire adieu. Mon amour est

Hiroshima. Voyez les dégâts que peuvent causer la passion : on en vient presque à citer Marguerite Duras.

Je regarde une mouche qui se cogne contre la fenêtre de ma chambre et je songe qu'elle est comme moi : il y a du verre entre elle et la réalité.

La double vie est le luxe des schizophrènes. Alice a le beurre et l'argent du beurre : la passion interdite avec moi, et son petit confort avec son mari. Pourquoi n'avoir qu'une seule vie quand on peut en avoir plusieurs ? Elle change de mec comme on change de chaîne sur le câble (j'espère au moins que je suis « Eurosport »).

C'est fini. C.E.S.T. F.I.N.I. Il est incroyable que je puisse écrire ces huit lettres aussi facilement, alors que je suis incapable de les accepter. Parfois il m'arrive d'avoir des crises de mégalomanie : si elle ne veut pas de moi, m'autopersuadé-je, alors je ne l'aime plus ! Elle n'est pas à ma Hauteur ? Tant pis pour cette conne ! Mais ces sursauts d'orgueil ne

durent pas longtemps car je n'ai pas un instinct de survie assez développé.

Je vous prie de m'excuser, les écrivains
sont des gens plaintifs, j'espère ne pas trop
vous ennuyer avec ma douleur. Écrire, c'est
porter plainte. Il n'y a pas une grande différence entre un roman et une réclamation
aux PTT. Si je pouvais faire autrement, je
ne resterais pas enfermé chez moi à taper à
la machine. Mais je n'ai pas le choix : je ne
parviendrai jamais à parler d'autre chose.

Regardez-moi ce que je suis devenu...
J'écris le même livre que les autres... Chas-
sés-croisés amoureux... On quitte une
femme pour une autre qui ne vient pas...
Que m'arrive-t-il? Où sont mes soirées
décadentes? Je m'enferre dans les problèmes sentimentaux germanopratins... On
dirait du jeune cinéma français...
Racontons les problèmes des gens qui n'ont
pas de problèmes... Mais c'est la première
fois que je ressens un pareil besoin physique
d'écrire... Autrefois quand on me parlait de

« nécessité », je faisais semblant de comprendre mais je ne savais rien du tout... Même cet autodénigrement est une énième protection... (Merci Drieu, merci Nourissier...) Je n'ai rien d'autre à raconter... Fallait que ça sorte un jour... Tant que l'on n'a pas écrit le roman de son divorce on n'a rien écrit... Peut-être n'est-il pas inepte de prendre son cas pour une généralité... Si je suis banal, alors je suis universel... Il faut fuir l'originalité, s'atteler aux sujets éternels... Marre du second degré... Je fais l'apprentissage de la sincérité... Je sens qu'au fond de cette détresse il y a comme une rivière qui coule, et que si je parvenais à faire jaillir cette source, je pourrais rendre service aux « joyeux quelques-uns » qui auraient déjà fréquenté le même genre d'abîme. J'aimerais les prévenir, tout leur expliquer, pour que ce genre de déconvenue ne leur arrive pas. C'est une mission que je m'accorde, et elle m'aide à y voir plus clair. Mais il n'est pas impossible que la rivière demeure à jamais souterraine...

XL

Conversation dans un palace

Jean-Georges ne m'a jamais vu comme ça. Il tente désespérément d'égayer la conversation, comme on tend la main à un naufragé. Nous sommes au bar d'un grand hôtel mais je ne sais même plus lequel car nous les avons tous écumés. Je lui demande :

— Dis, tu crois que l'amour dure trois ans ?

Il me regarde avec pitié.

— Trois ans ? Mais c'est énorme ! Quelle horreur ! Trois jours, c'est amplement suffisant ! Qui t'a mis cette ânerie dans la tête, petit moussaillon ?

— Il paraît que c'est hormonal, enfin, biochimique, quoi... Au bout de trois ans c'est fini, on n'y peut rien. Tu trouves pas ça triste?

— Non mon toutou. L'amour dure le temps qu'il doit durer, ça m'est égal. Mais si tu veux qu'il dure, je crois qu'il faut apprendre à s'ennuyer bien. Il faut trouver la personne avec qui l'on a envie de s'emmerder. Puisque la passion éternelle n'existe pas, recherchons au moins un ennui agréable.

— Oui, tu as peut-être raison... Tu crois que ça me passera un jour de courir après des apparitions?

— Oui mon poulet. Tu prends le problème à l'envers. Plus on cherche à être passionné et plus on est déçu quand ça s'arrête. Ce qu'il faut, c'est chercher l'ennui, comme ça tu seras toujours surpris de ne pas te faire chier. La passion ne peut pas être « institutionnelle », c'est l'ennui qui doit être la normale — et la passion une cerise sur le gâteau. Tu sais, la peur de l'ennui...

— ... C'est déjà la haine de soi... Je sais, tu me l'as dit et répété... Pff... Quand je vois tous ces couples d'amis qui se détestent, s'ennuient, se trompent, tirent la gueule et restent ensemble juste pour faire durer leur mariage, je ne regrette pas de divorcer... Au moins, moi, je garderai une belle image de mon histoire.

— Ma petite gouape, je te parle pas d'Anne mais d'Alice. Tu fantasmes sur elle alors que tu ne la connais même pas. Voilà, c'est ça ta maladie : tu aimes quelqu'un que tu ne connais pas. Est-ce que tu crois que tu la supporterais si tu devais vivre avec elle ? Pas sûr : ce qui vous excite, c'est de ne pas pouvoir être ensemble. Moi, si j'étais toi, je rappellerais Anne.

— Jean-Georges ?

— Quoi, mon zouzou ?

— Dis pas de conneries. On se reprend deux verres ?

180

— OK si c'est toi qui raques.

— Jean-Georges, je peux te poser une question?

— Dis toujours.

— Tu as déjà souffert par amour?

— Non, tu le sais bien. Je ne suis jamais tombé amoureux. C'est mon grand malheur.

— Parfois je t'envie. Moi, je ne suis jamais RESTÉ amoureux, c'est pire.

Son silence m'a fait regretter de lui avoir posé cette question. Un nuage voile ses yeux détournés. Sa voix se fait plus grave :

— Arrête de renverser les rôles, petite frappe. C'est moi qui t'envie, tu le sais très bien. Moi je souffre depuis ma naissance. Tu découvres en ce moment une douleur que j'aimerais bien connaître. Changeons de sujet, si tu veux bien.

Et voilà, mon malheur est contagieux. Maintenant on est deux à avoir le blues, nous voilà bien avancés.

— Tu crois que je suis un salaud?

— Mais non, mais non. Tu fais ton apprentissage, tu n'es qu'un petit amateur, mon chou à la crème. Tu as encore quelques progrès à faire. Par contre...

— Par contre quoi?

— Par contre, t'es vraiment un gros pédé de la fesse et je vais tout de suite t'attraper par le petit orifice.

Là-dessus ce sagouin m'empoigne et nous roulons par terre en renversant la table, les verres et les fauteuils dans un grand éclat de rire, pendant que le barman cherche frénétiquement dans l'annuaire le téléphone des urgences psychiatriques de l'hôpital Sainte-Anne.

XLI

Conjectures

Alors il s'est passé une chose terrible :
j'ai commencé à garder mes chaussettes
pour dormir. Il fallait réagir, sans quoi
bientôt je me mettrais à boire ma propre
urine. Je me retournais dans mon lit en songeant à ce que m'avait dit Jean-Georges. Et
s'il avait raison ? Il fallait rappeler Anne.
Après tout, puisqu'Alice ne voulait pas
venir, j'avais peut-être eu tort de divorcer.
Tout n'était pas perdu : beaucoup de gens
retombent amoureux de leur époux le lendemain du divorce. Tiens : Adeline et Johnny.
Non, mauvais exemple. Euh, Liz Taylor et
Richard Burton. Pas tellement mieux.

Je pourrais récupérer Anne. Il fallait

récupérer Anne. Tout était rattrapable. Nous n'avions pas tout essayé. Nous allions tout essayer. A force de ne pas se parler pour se ménager l'un l'autre, nous nous étions quittés sans rien nous dire. Nous serions ensemble, à nouveau, et ririons bientôt en évoquant notre séparation. Nous en avions vu d'autres.

Non, à la réflexion, nous n'en avions pas vu d'autres. Autrefois les mariages résistaient à ce genre de passades. Aujourd'hui les mariages *sont* des passades. La société dans laquelle nous sommes nés repose sur l'égoïsme. Les sociologues nomment cela l'individualisme alors qu'il y a un mot plus simple : nous vivons dans la société de la solitude. Il n'y a plus de familles, plus de villages, plus de Dieu. Nos aînés nous ont délivrés de toutes ces oppressions et à la place ils ont allumé la télévision. Nous sommes abandonnés à nous-mêmes, incapables de nous intéresser à quoi que ce soit d'autre que notre nombril.

Les vases communicants

J'ai tout de même échafaudé un plan. J'espérais ne pas être obligé d'en arriver à cette extrémité mais le départ d'Alice en vacances avec son mari mérite une riposte nucléaire. Cette fois on jette la dignité à la rivière. Mon plan, c'est de rappeler Anne. Je décroche le téléphone avec un sourire que je voudrais machiavélique et qui n'est qu'intimidé.

XLII

L'émouvant stratagème

— Ça fait combien de temps qu'on ne s'est pas vus? ai-je demandé à Anne en tirant sur la table du restaurant pour qu'elle puisse s'asseoir sur la banquette. Avant, nous aimions dîner côte à côte dans cette brasserie, mais avant c'était avant, et ce soir nous dînons face à face.

Elle m'observe avec curiosité avant de répondre :

— Quatre mois, une semaine, trois jours, huit heures et (elle dit cela en vérifiant sur sa montre) seize minutes.

— Et quarante-trois secondes, quarante-quatre, quarante-cinq...

Nous commençons par occuper la conversation avec toutes les choses qui permettent d'éviter l'essentiel : nos métiers, nos amis, nos souvenirs. Comme si tout ce qui s'est passé n'avait pas eu lieu. Mais Anne voit bien que je suis malheureux, et ça la rend malheureuse de ne pas en être la cause. Au dessert, énervée, elle m'agresse un peu.

— Bon, tu ne m'as pas invitée à dîner pour qu'on se raconte des histoires de vieux amis. Qu'est-ce que tu veux me dire ?

— Eh bien... Il y a des affaires à toi à la maison, je me demandais si tu voulais venir les récupérer. Et en même temps, on aurait pu en profiter pour passer le week-end ensemble et voir si...

— Hein ? T'es tombé sur la tête ou quoi ? On est divorcés mon vieux ! Je vois très bien que ce n'est pas moi dont tu es amoureux, et puis merde, je ne suis pas un jouet que tu peux trimballer !

— Chut ! Pas si fort...

Je m'adresse à nos voisins de table.

— Nous sommes divorcés, je viens de lui proposer de partir en week-end et elle a refusé. Voilà, ça va, vous savez tout. Vous pouvez arrêter d'écouter maintenant? Ou alors votre vie avec cette radasse en face de vous est tellement merdique que vous avez besoin d'écouter celle des autres?

Le voisin se lève, moi aussi, nos femmes nous séparent, bref, il y a de l'action dans ce bouquin. Puis je paie l'addition et nous sortons du restaurant. Dehors, il fait encore plus nuit qu'avant. Dans la rue, nous faisons quelques pas en rigolant. Je lui demande pardon. Elle me dit que ça va. Elle semble accepter cette rupture mieux que moi.

— Marc, il est trop tard. Nous avons atteint un point de non-retour. J'aime quelqu'un, et toi aussi : nous n'avons plus rien à faire ensemble.

— Je sais, je sais, je suis ridicule... Je me disais qu'on aurait pu réessayer... Tu es sûre que tu ne veux pas que je te raccompagne?

— Non, merci, je vais prendre ce taxi...
Marc, je vais te donner un tuyau pour tes
rapports avec tes prochaines femmes. Il faut
que tu apprennes à te mettre à leur place.

Et puis soudain, au moment de se sépa-
rer, l'émotion monte. Nous retenons nos
larmes, mais elles coulent à l'intérieur de
nos visages. Son rire d'enfant, je ne l'enten-
drai plus. Son successeur en profitera à ma
place, s'il la fait rire. Anne est devenue une
étrangère. Nous nous quittons pour pour-
suivre notre chemin, chacun de son côté.
Elle monte dans le taxi, je referme doucement la portière, elle me sourit à travers la
vitre, et la voiture s'éloigne... Dans un beau
film, je me mettrais à courir après le taxi
sous la pluie, et nous tomberions dans les
bras l'un de l'autre au prochain feu rouge.
Ou bien ce serait elle qui changerait d'avis,
soudain, et supplierait le chauffeur de
s'arrêter, comme Audrey Hepburn/Holly
Golightly à la fin de *Breakfast at Tiffany's*.
Mais nous ne sommes pas dans un film.

189

L'amour dure trois ans

Nous sommes dans la vie où les taxis roulent.

On quitte d'abord la maison de ses parents, et ensuite, parfois, on quitte la maison de son premier mariage, et c'est toujours la même peine qu'on ressent, celle de se sentir, une fois pour toutes, orphelin.

XLIII

Épisode mesquin

Les époux dînent, les amants déjeunent. Si vous apercevez un couple dans un bistrot à midi, essayez un peu de les prendre en photo et vous vous ferez engueuler. Essayez la même chose sur un autre couple, le soir : le couple vous sourira en posant pour votre flash.

Dès son retour de vacances conjugales, Alice m'a rappelé. Après m'être bien mis à sa place, imaginant ce qui se passait dans sa tête, je lui ai proposé froidement de déjeuner en tête-à-tête.

— J'apporterai un projecteur de diapos.

Elle ne m'a pas trouvé drôle, ce qui tombait bien car je ne cherchais pas à l'être. Dès son arrivée, elle me jure que c'était horrible, me certifie qu'ils n'ont jamais fait l'amour, mais je l'interromps :

— Tout va bien. Je pars ce week-end avec Anne.

Nous savons tous que c'est faux, sauf Alice, qui vient de se prendre un Scud en pleine poire.

— Ah.

— Alors, reprends-le-cours-de-la-conversation-je, c'était bien ce voyage ?

Alice me gifle et c'est pourtant elle qui éclate en sanglots. Je collectionne les repas mélodramatiques, ces temps-ci. Coup de chance : nous n'avons pas de voisins de table. Coup de malchance : même Alice s'en va. Le restaurant ne sera plus très animé. Et j'ai beau savourer ma vengeance, « je demeure seul avec un cœur plein d'aumônes » (Paul Morand), et me remets à boire des hectolitres, jusqu'à ce que je ne tienne plus debout, ni même assis. Encore un déjeuner sans bouffer. La vengeance est un plat qui ne se mange pas.

Ce qui est étonnant, ce n'est pas que notre vie soit une pièce de théâtre, c'est qu'elle comporte si peu de personnages.

XLIV

Correspondance (IV)

Une semaine plus tard.

Dernière lettre à Alice :

« Mon amour,

Ce week-end avec Anne n'a rien donné.
N'en parlons plus. Comme toi, je voulais
être fixé, être certain d'avoir fait le bon
choix. Pardon de t'avoir fait cela. Je voulais aussi que tu sentes à quel point j'ai
souffert pendant tes vacances. C'est idiot, je
le sais. Parce que tu ne sauras jamais à quel
point tu m'as fait mal.

Alice, nous sommes faits l'un pour
l'autre. C'est effrayant. Tout est beau avec

toi, même moi. Mais j'ai peur de ta peur. Il est insupportable que je ne sois pas le seul homme de ta vie. Je hais ton passé, qui encombre mon avenir.

J'aimerais que toute cette douleur serve à quelque chose. Pourquoi ne me fais-tu pas confiance? Parce que je suis fou? ça ne compte pas comme reproche car tu es folle aussi. Tu crois qu'on s'aime uniquement parce que c'est compliqué? En ce cas il vaut mieux se quitter. Je préfère être malheureux sans toi qu'avec toi.

Notre amour est ineffaçable, il est incompréhensible que tu ne t'en rendes pas compte. Je suis ton futur. Je suis là, j'existe, tu ne peux pas continuer à vivre comme si je n'existais pas. Désolé. Comme disent les Inconnus : "C'est ton Destin".

Nous n'avons pas le droit de fuir le bonheur. La plupart des gens n'ont pas notre chance. Quand ils se plaisent, ils ne tombent pas amoureux. Ou quand ils sont amoureux, ça ne marche pas au lit. Ou quand ça marche au lit, ils n'ont rien à se dire après. Nous, on a tout, sauf qu'on n'a rien puisqu'on n'est pas ensemble.

Ce que nous faisons est impardonnable. Cessons de nous torturer. Il est criminel de ne pas se dépêcher d'être heureux quand on en a enfin l'occasion. Nous sommes des monstres envers nous-mêmes. Allons-nous continuer longtemps comme ça ? Pour faire plaisir à qui ? C'est ignoble de faire autant de peine à soi-même et aux autres, pour rien. Personne ne nous reprochera d'avoir saisi notre chance.

Ceci sera vraiment ma dernière lettre. Je n'en peux plus de jouer au chat et à la souris. Je suis abattu, fourbu, à tes pieds, attendant le coup de grâce. A partir d'un certain niveau de douleur, on perd tout orgueil. Je ne t'écris pas pour te demander de venir : je t'écris pour te prévenir que je serai toujours là. Un geste de toi et nous fondons un élevage d'autruches. Pas de geste de toi et je suis toujours là, quelque part, sur la même planète que toi, à t'attendre. Je t'aime à la folie, je n'ai envie que de toi, je ne pense qu'à toi, je t'appartiens corps et âme.

Ton Marc qui a pleuré en écrivant ceci. »

XLV

Alors

Alors je prends mon stylo pour dire que je l'aime, qu'elle a les plus longs cheveux du monde et que ma vie s'y noie, et si tu trouves ça ridicule pauvre de toi, ses yeux sont pour moi, elle est moi, je suis elle, et quand elle crie je crie aussi et tout ce que je ferai jamais sera pour elle, toujours, toujours je lui donnerai tout et jusqu'à ma mort il n'y aura pas un matin où je me lèverai pour autre chose que pour elle et lui donner envie de m'aimer et embrasser encore et encore ses poignets, ses épaules, ses seins et alors je me suis rendu compte que quand on est amoureux on écrit des phrases qui n'ont pas de fin, on n'a plus le haut que le sol, personne ne le voit sauf nous, nous sommes sur coussins d'air, nous sourions sans raison aux Romains qui nous prennent pour des mongoliens, des membres d'une secte, la secte de Ceux qui Sourient en Lévitation, tout est devenu si facile maintenant, on met un pas devant l'autre et c'est le bonheur l'amour la vie les tomates-mozarella noyées dans l'huile d'olive les pasta au parmesan, on ne finit jamais les assiettes, trop occupés à se regarder dans les yeux se caresser les mains bander, je crois que nous n'avons pas dormi depuis dix jours, dix mois, dix ans, dix siècles, le soleil sur la plage de Fregene on prend des Polaroïd comme celui qu'Anne a trouvé dans son sac à Rio, il suffit de respirer et de te regarder, c'est pour toujours, pour toujours et à jamais, c'est invraisemblable, époustouflant comme la joie de vivre nous étouffe, je n'ai jamais vécu ça, est-ce que tu ressens ce que je ressens? tu ne pourras jamais m'aimer autant que je t'aime, non c'est moi qui t'aime plus que

toi, non c'est moi, non c'est moi, bon c'est
nous, c'est si merveilleux de devenir
complètement débile, à courir vers la mer,
tu étais faite pour moi, comment exprimer
quelque chose d'aussi beau avec des mots,
c'est comme si, comme si on avait quitté la
nuit noire pour entrer dans une lumière
éblouissante, comme une montée d'ecstasy
qui ne s'arrêterait jamais, comme un mal de
ventre qui disparaît, comme la première
bouffée d'air que tu inspires après t'être
retenu de respirer sous l'eau, comme une
réponse unique à toutes les questions, les
journées passent comme des minutes, on
oublie tout, on naît à chaque seconde, on ne
pense à rien de laid, on est dans un présent
perpétuel, sensuel, sexuel, adorable, invin-
cible, rien ne peut nous atteindre, on est
conscient que la force de cet amour sauvera
le monde, oh nous sommes effroyablement
heureux, tu montes dans la chambre,
attends-moi dans le hall, je reviens tout de
suite, et quand tu as pris l'ascenseur j'ai
grimpé par l'escalier quatre à quatre, en

II

TROIS ANS PLUS TARD
À FORMENTERA

I

Jour J – 7

Casa Le Moult. Me voici à Formentera pour finir ce roman. Ce sera mon dernier : j'achève la trilogie (dans le premier, je tombais amoureux ; dans le second, je me mariais ; dans le troisième, je divorce et je retombe amoureux. La boucle est bouclée). On a beau essayer d'innover dans la forme (mots étranges, anglicismes, tournures bizarroïdes, slogans publicitaires, etc.) comme dans le fond (nightclubbing, sexe, drogue, rock'n roll...), on se rend vite compte que tout ce qu'on voudrait, c'est écrire un roman d'amour avec des phrases très simples — bref, ce qu'il y a de plus difficile à faire.

J'écoute le bruit de la mer. Je ralentis enfin. La vitesse empêche d'être soi. Ici les journées ont une durée lisible dans le ciel. Ma vie parisienne n'a pas de ciel. Pondre une accroche, faxer un article, répondre au téléphone, vite, courir de réunion en réunion, déjeuner sur le pouce, vite, vite, se grouiller en scooter pour arriver en retard à un cocktail. Mon existence absurde méritait bien un coup de frein. Se concentrer. Ne faire qu'une seule chose à la fois. Caresser la beauté du silence. Profiter de la lenteur. Entendre le parfum des couleurs. Tous ces trucs que le monde veut nous interdire.

Tout est à refaire. Il faut tout réorganiser dans cette société. Aujourd'hui ceux qui ont de l'argent n'ont pas de temps, et ceux qui ont du temps n'ont pas d'argent. Échapper au travail est aussi difficile qu'échapper au chômage. L'oisif est l'ennemi public numéro un. On attache les gens avec l'argent : ils sacrifient leur liberté pour payer leurs impôts. Il ne faut pas tourner autour du pot : l'enjeu du siècle prochain sera de supprimer la dictature de l'entreprise.

Formentera, petite île... Satellite d'Ibiza dans la constellation des Baléares. Formentera, c'est la Corse sans les bombes, Ibiza sans les boîtes, Moustique sans Mick Jagger, Capri sans Hervé Vilard, le Pays basque sans la pluie.

Soleil blanc. Promenade en Vespa. Chaleur et poussière. Fleurs desséchées. Mer turquoise. Odeur des pins. Chant des grillons. Lézards trouillards. Moutons qui font mêêê.

— Il n'y a pas de « mais », leur rétorqué-je.

Soleil rouge. Gambas a la plancha. Vamos a la playa. Étoiles de ciel. Gin con limon. Je cherchais l'apaisement, c'est ici, où il fait trop chaud pour écrire de longues phrases. On peut être en vacances ailleurs que dans le coma. La mer est remplie d'eau. Le ciel bouge sans cesse. Les étoiles filent. Respirer

207

de l'air devrait toujours être une occupation à plein temps.

C'est l'histoire d'un type qui s'enferme tout seul sur une île pour terminer un bouquin. Le type mène une vie de dingue, cela lui fait tout drôle de se retrouver livré à lui-même, dans la nature, sans télévision, ni téléphone. A Paris, il est pressé, joue les dynamiques, ici ne bouge pas de la journée, se promène le soir, toujours seul. Barnabooth à Florence, Byron à Venise, le panda du zoo de Vincennes sont ses modèles. La seule personne à qui il dise bonjour est la serveuse de San Francesco. Le type porte une chemise noire, un jean blanc, des Tod's. Boit des pastis et des gin-limon. Bouffe des chips et des tortillas. N'écoute qu'un seul disque : *La Sonate à Kreutzer* par Arthur Rubinstein. Hier on l'aurait même aperçu applaudissant un but français dans le match France-Espagne, ce qui est de mauvais goût, mais courageux, quand on est le seul Français dans un bistrot, en Espagne, sur un port. Si vous croisiez ce

Trois ans plus tard à Formentera

type, vous penseriez sans doute : « Mais que
fout ce con de Parisien à la Fonda Pepe
hors saison ? » Cela me chagrine un peu, vu
que le type en question, c'est moi. Alors,
mettez-la un peu en veilleuse, merci. Je suis
l'ermite qui sourit au vent tiède.

Dans une semaine cela fera trois ans que
je vis avec Alice.

II

Jour J −6

Bon, d'accord, quand Alice a quitté Antoine, puis quand nous avons déménagé pour vivre ensemble rue Mazarine (la rue où Antoine Blondin est mort), je ne vous cache pas qu'il m'arrivait d'être pris d'angoisse. Le bonheur est bien plus effrayant que le malheur. D'avoir obtenu ce que je désirais le plus au monde me combla de joie, et simultanément, me plongea dans le doute. Referais-je les mêmes erreurs? N'étais-je qu'un romantique cyclique? Maintenant qu'elle était là, en voulais-je vraiment? Deviendrais-je trop tendre? M'arrivait-il de m'ennuyer avec elle?

Trois ans plus tard à Formentera

Quand est-ce que j'arrêterais de me prendre la tête, bordel de merde?

Antoine voulait me tuer, la tuer, se tuer. Notre couple se bâtissait sur les cendres d'un double divorce, comme s'il fallait se repaître de deux sacrifices humains pour construire un nouvel amour. Schumpeter appelait cela la « destruction créatrice », mais Schumpeter était économiste, et les économistes sont rarement des sentimentaux. Nous avons détruit deux mariages pour rester unis, tel le blob qui absorbe ses victimes pour s'agrandir. Le bonheur est une chose si monstrueuse que, si vous n'en crevez pas vous-même, il exigera de vous au moins quelques assassinats.

Jean-Georges est venu me rejoindre à Formentera. Ensemble, nous refaisons le monde, puis rendons visite aux poissons sous la mer. Il rédige une pièce de théâtre, il boit donc autant que moi.

Poème à lire en état d'ivresse :

L'amour dure trois ans

A Formentera
Tu fermenteras.

Nous croisons de vieux couples de hippies défoncés, qui sont restés ensemble, ici, depuis les années soixante. Comment ont-ils fait pour tenir si longtemps ? J'en ai les larmes aux yeux. Je leur achète de l'herbe. Avec Jean-Georges, nous picolons dans les troquets, en jouant au billard. Il me raconte ses amours. Il vient de rencontrer la femme de sa vie, il est heureux, pour la première fois.

— Aimer : nous ne vivons pour rien d'autre, dit-il.

— Et faire des enfants ?

— Pas question ! Donner naissance à quelqu'un dans un monde pareil ? Criminel ! Egoïste ! Narcissique !

— Moi, les femmes, je leur fais mieux qu'un enfant : je leur fais un livre, proclamé-je en levant le doigt.

Trois ans plus tard à Formentera

Nous jetons des œillades à la serveuse. Elle est à croquer, porte un boléro, sa peau mate est légèrement duveteuse, grands yeux noirs, se tient cambrée, farouche comme une squaw.

— Elle ressemble à Alice, dis-je. Si je couchais avec elle, je serais quand même fidèle.

Alice est restée à Paris, et viendra me rejoindre ici dans une semaine.

Dans six jours cela fera trois ans que je vis avec elle.

Jour J – 5

La serveuse en robe dos nu s'appelle Matilda. Elle est booonne. Jean-Georges lui a chanté la chanson de Harry Belafonte : *Matilda she take me money and run Venezuela.*

Je crois que je pourrais tomber amoureux d'elle si Alice ne me manquait pas autant. Au bar de Ses Roques, nous l'avons invitée à danser. Elle tapait dans ses mains mates, ondulait des hanches, sa chevelure tourbillonnait. Elle avait des poils sous les bras. Jean-Georges lui a demandé :

— Pardon Mademoiselle, nous cherchons un endroit où dormir. Vous n'auriez pas de la place chez vous, por favor?

Elle portait une fine chaîne en or autour de la taille et une autre autour de la cheville. Malheureusement, Matilda n'a pas pris notre argent et ne s'est pas enfuie au Venezuela. Elle s'est contentée de rouler les joints avec nous, jusqu'à ce qu'on s'endorme à la belle étoile. Ses doigts étaient longs et agiles. Elle léchait le papier à cigarette avec application. Je crois que nous étions tous assez troublés, même elle.

De retour à la Casa, complètement raide, Matilda a saisi ma queue à bras-le-corps. Elle avait une chatte géante mais musclée qui sentait les vacances. Ses cheveux puaient la sinsemilla. Elle criait si fort que Jean-Georges a rempli sa bouche pour la faire taire; ensuite nous avons échangé les places avant d'éjaculer en chœur sur ses gros seins fermes. Juste après avoir joui, je me suis réveillé en sueur, mort de soif. Un

IV

Jour J – 4

L'homme seul redevient préhistorique :
au bout de quelques jours il ne se rase plus,
ne se lave plus, pousse des grognements.
Pour mener l'être humain vers la civilisa-
tion, il a fallu quelques millions d'années,
alors que le retour au Néanderthal prend
moins d'une semaine. Ma démarche est de
plus en plus simiesque. Je me gratte les tes-
ticules, mange mes crottes de nez, me
déplace par petits bonds. A l'heure des
repas, je me jette en vrac sur la nourriture
et la dévore avec les doigts, mélangeant le
saucisson et les chewing-gums, les chips au
fromage et le chocolat au lait, le coca-cola et

le vin. Puis je rote, pète et ronfle. C'est ça, un jeune écrivain français de l'avant-garde.

Alice a débarqué par surprise. Elle a mis ses mains sur mes yeux au marché de la Mola, trois jours avant la date prévue de son arrivée.

— Qui c'est?

— No sé. Matilda?

— Salaud!

— Alice!

Nous sommes tombés dans les bras l'un de l'autre.

— Ben ça, pour une surprise, c'est une surprise!

J'étais obligé de dire ça?

— Avoue que tu ne t'y attendais pas, hein? Et d'abord c'est qui cette Matilda?

— Oh rien... Une locale que Jean-Georges a branchée hier soir.

Si cela n'est pas le bonheur, en tout cas cela y ressemble d'assez près : nous grignotons du Serrano sur la plage, l'eau est tiède,

Trois ans plus tard à Formentera

Alice est bronzée, cela lui donne les yeux verts. Nous faisons la sieste l'après-midi. Je lèche le sel de mer sur son dos. Nous ne dormons pas tant que ça. Pendant l'amour, Alice m'énumère la liste des garçons qui l'ont suppliée de me quitter à Paris. Je lui narre en détails mon rêve érotique de la veille. Pourquoi toutes les femmes que j'aime ont-elles les pieds froids ?

Jean-Georges et Matilda nous rejoignent pour le dîner. Ils semblent très épris. Ils ont découvert qu'ils avaient tous les deux perdu leur père cette année.

— Mais moi c'est plus grave car je suis une fille, dit Matilda.

— Je déteste les filles amoureuses de leur père, surtout quand il est mort, dit Jean-Georges.

— Les filles qui n'ont jamais été amoureuses de leur père sont frigides ou lesbiennes, précisé-je.

Alice et Matilda dansent ensemble, on dirait deux sœurs un peu incestueuses. Nous

nous collons à elles. Il fait bon, ça aurait pu
dégénérer, on se sépare à regret, mais on se
rattrape chacun dans sa chambre.

Avant de m'endormir, j'accomplis enfin
un geste révolutionnaire : je retire ma
montre. Pour que l'amour dure toujours, il
suffit de vivre hors du temps. C'est le
monde moderne qui tue l'amour. Si nous
nous installions ici? Rien ne coûte cher ici.
Je faxerais des papiers à Paris, je demande-
rais des à-valoir à plusieurs éditeurs, de
temps en temps j'expédierais une campagne
de pub par DHL...

Et l'on s'emmerderait à crever.

Bon sang, l'angoisse me reprend. Je sens
venir le danger. J'en ai marre d'être moi.
J'aimerais bien que quelqu'un me dise de
quoi j'ai envie. Il est vrai que, de temps à
autre, notre passion devient tendresse. La
machination se remettrait-elle en branle? Il
faut repousser les endorphines. Je l'aime et
pourtant j'ai peur qu'on s'ennuie. Parfois,

nous jouons à être chiants exprès. Elle me dit :

— Bon... Je vais aller faire les courses... A tout à l'heure...

Je lui réponds :

— Et après nous irons nous promener...

— Cueillir du romarin...

— Déjeuner sur la plage...

— Acheter les journaux...

— Ne rien faire...

— Ou nous suicider...

— La seule belle mort à Formentera, c'est de tomber de vélo, comme la chanteuse Nico *.

Je me dis que si nous plaisantons là-dessus, c'est que la situation n'est pas si grave.

Le suspense augmente. Dans quatre jours cela fera trois ans que je vis avec Alice.

---

* A l'époque où ce livre a été vécu, Jean-Edern Hallier ne l'avait pas encore imitée... (Note de l'auteur).

V

Jour J – 3

Avec Alice, nous faisons l'amour moins souvent mais de mieux en mieux. J'effleure ses centimètres carrés favoris. Elle ferme mes yeux. Avant elle jouissait une fois sur deux, maintenant elle jouit une fois par fois. Elle me laisse écrire tout l'après-midi. Pendant que je travaille, elle se dore au soleil sur la plage. Vers six heures du soir, elle revient et je lui prépare une mauresque bien glacée. Puis je vérifie son bronzage intégral. Je trais ses pamplemousses. Elle me suce, puis je l'encule. Ensuite, elle lit ceci par-dessus mon épaule et me demande de supprimer « je l'encule ». J'accepte, j'écris « je la prends », et quand elle s'éloigne je fais un petit « Pomme Z » sur mon Macintosh. La littérature est à ce prix, l'Histoire des Lettres n'est qu'une longue litanie de trahisons, j'espère qu'elle me pardonnera.

Je refuse de finir *Tendre est la nuit* ; j'ai comme un sinistre pressentiment : à mon avis, cela ne va plus très fort entre Dick Diver et Nicole. J'écoute *La Sonate à Kreutzer* en songeant au roman éponyme de Tolstoï. L'histoire d'un homme trompé qui tue sa femme. Le violon et le piano de Beethoven lui ont inspiré le couple. Je les écoute se rejoindre, s'interrompre, s'envoler, se quitter, se réconcilier, se fâcher, et enfin s'unir dans le crescendo final. C'est la musique de la vie à deux. Le violon et le piano sont incapables de jouer seuls...

Si notre histoire tourne court, je serai complètement blasé. Jamais je ne pourrais donner autant à quelqu'un d'autre. Finirai-je ma vie en baisant des putes de luxe et des cassettes vidéo ?

Il faut que ça marche.

Il faut que nous parvenions à passer le cap des trois ans. Je change d'avis toutes les secondes.

Peut-être faudrait-il que nous vivions séparés. La vie à deux, c'est trop usant.

Je n'ai pas de tabou ; l'échangisme ne me choque pas. Après tout, quitte à être cocu, autant l'organiser soi-même. L'union libre, c'est cela la solution : un adultère sous contrôle.

Non. Je sais : il faut que nous fassions un enfant, vite !

J'ai peur de moi. Le compte à rebours égrène ses journées de Damoclès. Dans trois jours cela fera trois ans que je vis avec Alice.

VI

Jour J – 2

L'erreur est de vouloir une vie immobile. On veut que le temps s'arrête, que l'amour soit éternel, que rien ne meure jamais, pour se prélasser dans une perpétuelle enfance dorlotée. On bâtit des murs pour se protéger et ce sont ces murs qui un jour deviennent une prison.

Maintenant que je vis avec Alice, je ne construis plus de cloisons. Je prends chaque seconde d'elle comme un cadeau. Je m'aperçois qu'on peut être nostalgique du présent. Je vis parfois des moments si merveilleux que je me dis : « Tiens ? Je vais regretter ce moment plus tard : il faut que je n'oublie jamais cet instant, pour pouvoir y repenser quand tout ira mal. » Je découvre que pour rester amoureux, il faut une part d'insaisissable en chacun. Il faut refuser la platitude, ce qui ne veut pas dire s'inventer des soubresauts artificiels et débiles, mais savoir s'étonner devant le miracle de tous les jours. Etre généreux, et simple. On est amoureux le jour où l'on met du dentifrice sur une autre brosse à dents que la sienne.

Surtout, j'ai appris que pour être heureux, il faut avoir été très malheureux. Sans apprentissage de la douleur, le bonheur n'est pas solide. L'amour qui dure trois ans est celui qui n'a pas gravi de montagnes ou fréquenté les bas-fonds, celui qui est tombé du ciel tout cuit. L'amour ne dure que si chacun en connaît le prix, et il vaut mieux payer d'avance, sinon on risque de régler l'addition a posteriori. Nous n'avons pas été préparés au bonheur parce que nous n'avons pas été habitués au malheur. Nous avons grandi dans la religion du confort. Il faut savoir qui l'on est et qui l'on aime. Il faut être achevé pour vivre une histoire inachevée.

J'espère que le titre mensonger de ce livre ne vous aura pas trop exaspéré : bien sûr que l'amour ne dure pas trois ans ; je suis heureux de m'être trompé. Ce n'est pas parce que ce livre est publié chez Grasset qu'il dit nécessairement la vérité.

Je ne sais pas ce que le passé me réserve (comme disait Sagan), mais j'avance, dans la terreur émerveillée, car je n'ai pas d'autre choix, j'avance, moins insouciant qu'autrefois, mais j'avance quand même, j'avance malgré, j'avance et je vous jure que c'est beau.

Nous faisons l'amour dans l'eau translucide d'une crique déserte. Nous dansons sous des vérandas. Nous flirtons au bord d'une ruelle mal éclairée en buvant du Marqués de Cáceres. Nous n'arrêtons pas de manger. C'est la vraie vie, enfin. Quand je l'ai demandée en mariage, Alice a eu cette réponse pleine de tendresse, de romantisme, de finesse, de beauté, de douceur et de poésie :

— Non.

Après-demain, cela fera trois ans que je vis avec elle.

VII

Jour J –1

Le soleil est inéluctable. Cela ne se voit peut-être pas mais j'ai mis des heures à trouver cette phrase. Les oiseaux piaillent, c'est comme ça que je m'aperçois qu'il fait jour. Même les oiseaux sont amoureux. C'est l'été où les Fugees ont repris *Killing me softly with his song* de Roberta Flack et je sais que je m'en souviendrai.

— Tu sais, Marc, que demain ce sera l'anniversaire de nos trois ans ensemble ?

— Chut ! Tais-toi ! On s'en fiche, je ne veux pas le savoir !

— Moi je trouve ça mignon, je ne vois pas pourquoi tu devrais être désagréable.

— Je ne suis pas désagréable, simplement il faut que je travaille.

— Tu veux que je te dise? Tu es un égoïste prétentieux, tu t'intéresses tellement qu'à toi que ça en devient écœurant.

— Pour pouvoir aimer quelqu'un d'autre, il faut d'abord s'aimer soi-même.

— Ton problème, c'est que tu t'aimes tellement qu'il n'y a plus de place pour personne d'autre!

Elle est partie sur mon scooter, soulevant derrière elle une traînée magique de poussière sur le chemin cahoteux. Je n'ai pas essayé de la rattraper. Quelques heures plus tard, elle est revenue et je lui ai demandé pardon en lui baisant les pieds. Je lui ai promis que nous ferions un barbecue en tête-à-tête pour fêter notre anniversaire. Les fleurs du jardin étaient jaunes et rouges. Je lui ai demandé :

— Dans combien de temps tu me quitteras?

Trois ans plus tard à Formentera

— Dans dix kilos.

— Eh ! J'y peux rien si le bonheur fait grossir !

Au même moment, à Paris, un artiste nommé Bruno Richard note dans son Journal cette phrase : « Le bonheur, c'est le silence du malheur. » Il peut mourir tranquille après ça.

Demain cela fera trois ans que je vis avec Alice.

VIII

Jour J

La dernière journée de l'été est arrivée. La fin des haricots se fait sentir sur les plages de Formentera. Matilda est partie sans laisser d'adresse. Le vent se faufile dans les murets de pierre, et sous les pieds. Le ciel est inexorable. Les domaines du silence s'agrandissent, aux Baléares.

Épicure préconise de s'en tenir au présent, à la plénitude du plaisir simple. Faut-il préférer le plaisir au bonheur? Plutôt que de se poser la question de la durée d'un amour, profiter de l'instant est-il le meilleur moyen de le prolonger? Nous serons des amis. Des amis qui se tiennent par la main, qui bronzent en se roulant des patins, s'interpénètrent avec délicatesse contre le mur d'une villa en écoutant Al Green, mais des amis quand même.

Une journée splendide a béni notre anniversaire. A la plage nous avons nagé, dormi, heureux de chez Heureux. Le barman italien du petit kiosque m'a reconnu :

— Hello, my friend Marc Marronnier !

Je lui ai répondu :

— Marc Marronnier est mort. Je l'ai tué. A partir de maintenant il n'y a plus que moi ici et moi je m'appelle Frédéric Beigbeder.

Il n'a rien entendu à cause de la musique qu'il diffuse à tue-tête. Nous avons partagé un melon et une glace. J'ai remis ma montre. J'étais enfin devenu moi-même, réconcilié avec la Terre et le temps.

Et le soir est arrivé. Après un détour chez Anselmo pour boire un gin-Kas en écoutant le clapotis des vaguelettes contre le ponton, nous sommes rentrés à la casa.

L'amour dure trois ans

La nuit était éclairée par les étoiles et les bougies. Alice a préparé une salade d'avocat aux tomates. J'ai allumé un bâtonnet d'encens. La radio grésillante diffusait un vieux disque de flamenco. Les côtelettes d'agneau cramaient sur le barbecue. Les lézards se planquaient dans les azulejos. Les grillons ont fermé leur gueule d'un seul coup. Elle s'est assise près de moi en souriant d'émotion. Nous avons bu deux bouteilles de rosé chacun. Trois ans ! Le compte à rebours était terminé ! Ce que je n'avais pas compris, c'est qu'un compte à rebours est un début. A la fin d'un compte à rebours, il y a une fusée qui décolle. Alleluia ! Joie ! Merveille ! Et dire que je m'angoissais comme un con !

Ce qu'il y a de fantastique avec la vie, c'est qu'elle continue. On s'est embrassés lentement, mains jointes sous la lune orange, à l'écoute de l'avenir.

J'ai regardé ma montre : il était 23 h 59.

Verbier-Formentera, 1994-1997.

ACHEVÉ D'IMPRIMER
SUR ROTO-PAGE
PAR L'IMPRIMERIE FLOCH
À MAYENNE EN DÉCEMBRE 2011

N° d'édition : 16999 – N° d'impression : 81189
Dépôt légal : janvier 2012
Imprimé en France